退出ゲーム

初野 晴

目次

主な登場人物

穂《ほ》村《むら》千《チ》夏《カ》……清水南高校一年生。廃部寸前の吹奏楽部で、吹奏楽の〝甲子園〟普門館を夢見るフルート奏者。春太との三角関係に悩んでいる。

上条《かみじょう》春太《ハルタ》……〃　千夏の幼なじみ。ホルン奏者。完璧な外見と明晰な頭脳を持つ。千夏との三角関係に悩んでいる。

草壁《くさかべ》信《しん》二《じ》郎《ろう》……清水南高校の音楽教師。吹奏楽部顧問。

片桐《かたぎり》圭介《けいすけ》……清水南高校二年生。吹奏楽部部長。

成島《なるしま》美《み》代《よ》子《こ》……〃　一年生。中学時代に普門館出場の経験をもつオーボエ奏者。

名《な》越《ごえ》俊也《しゅんや》……〃　廃部になった演劇部を復活させ部長を務める。生徒会執行部にマークされているブラックリスト十傑の一人。

藤間《ふじま》弥《や》生《え》子《こ》……〃　演劇部の看板女優。

マレン・セイ……〃　中国系アメリカ人。サックスの名手だが演劇部所属。

日《ひ》野原《のはら》秀一《しゅういち》……〃　二年生。生徒会長を務める。頭のてっぺんから爪先まで変人。

萩本《はぎもと》肇《はじめ》……〃　発明部部長。ブラックリスト十傑の一人。

萩本卓《すぐる》……〃　一年生。発明部部員。肇の弟。ブラックリスト十傑の一人。

結晶泥棒

わたしはこんな三角関係をぜったいに認めない。

1

高校一年の秋のことだった。

わたしはアパートの二〇五号室の扉の前に立って深呼吸をする。外から眺めたとき、厚手のカーテンで閉ざされていた暗い部屋だ。

インターホンを鳴らす。返事はない。早押しのクイズボタンのように連打してみた。案外楽しいけれど、やっぱり反応はない。この部屋に引きこもっているのはわかっている。

おーい、出てこい。

ここまでくると天岩戸《あまのいわと》に引きこもった天照大御神《あまてらすおおみかみ》の神話を思い出してしまう。「実はね……」とわたしに教えてくれたのは、他でもないこいつなのだ。天照大御神は女神というのが常識だけど、源平盛衰記では男神として、日諱貴本紀《にちいきほんぎ》では両性具有の神として登場する。あの会話がまさかこんな状況を予見していようとは――

制服のポケットに手を滑り込ませて携帯電話にかけてみることにした。コールが五回、六回とむなしく響き、機械的な声とともに留守録へと切り替わった。その瞬間キッチンから笛のような音が聞こえた。和音だ。最近のケトルは沸騰するとあんな音を出すのか。ふうん。へえ。コンロをとめる気配がして、水を打ったように静まり返る。

「入るわよ」

ノックして叫ぶと中でどたどたと足音が響く。いまさら慌てているのか。もう遅い。こいつの姉から借りた合い鍵《かぎ》を使ってドアを開ける。チェーンが引っかかった。ここで合い鍵を借りたときに受けたアドバイスを思い出す。教えてもらった通り、間から人差し指ですくい上げると難なく解除できた。築三十年、建て替え適齢期の峠を迎えた木造建てはだてじゃない。

「うそぉ」

なんとも情けない声でパジャマ姿の春太《ハルタ》が尻《しり》もちをついた。その目は恐怖でおののいている。

学校を無断欠席して一週間。いやこの部屋に引きこもって一週間というほうが正しい。たとえ家賃が一万二千円で、それが親との折半でも、同級生の分際で自分の部屋代わりにアパートを借りていること自体、わたしには許せない。もっともこいつの場合はすこしばかり複雑な事情があるのだが……

わたしの仁王立ちが影をつくった。

ハルタはその影から逃れるように尻もちをついたまま後ずさり、部屋の奥へと引っ込んでいく。

靴を脱いで部屋に入る。両手でカーテンと窓を開けると、日射しと気持ちのいい空気が流れ込んできた。部屋は一週間の籠城《ろうじょう》の割にはきれいに片づいている。勉強部屋という名目だから、もともと余計な家具は置いていない。ささやかな流しとコンロがある台所のスペース、押し入れつきの一間、ごみ捨て場で拾ってきたちゃぶ台、ブックラックとミニコンポ、そしてさっきまで人肌で温まっていたであろう寝袋。

ちゃぶ台の前に四つん這《ば》いで戻ってきたハルタが、寝癖のついた髪をかき上げてこっちを見上げる。「せっかく押しかけてきたんだし、なにか飲んでいきなよ」

「いらないから」わたしは近くのコンビニで買ってきたダイエット茶のボトルを、ちゃぶ台の上に置いて座った。

「いいね、それ。ちょうど喉《のど》が渇いていたところなんだ」ハルタは立ち上がり、台所からいそいそとマグカップを持ってくる。「半分ちょうだい」

わたしは黙ってマグカップに注ぎ入れた。

サンキュ、とハルタはいい、体育座りでちびちびと唇を濡《ぬ》らしはじめる。

寝癖があるとはいえ、さらさらで艶《つや》のある髪と中性的な顔立ちに一瞬見惚《みほ》れてしまいそうになった。背が低いことを気にしているが、ムダ肉のない身体つき、きめの細かい肌、すっと通った鼻筋と長い睫毛《まつげ》、そして極めつけは二重のまぶた。女のわたしが心から切望したパーツを、男のハルタはすべて持って生まれている。映画の「転校生」みたいにこいつともつれ合って階段を転げ落ちたらどうなるんだろう、と妄想していた時期もあった。あれは一瞬の気の迷いであったと思いたい。

「で？」とハルタはいった。まっすぐ見る目は、なにしにきたの？　と純粋に語っている。いいたいことは山ほど売るほどある。通学鞄《かばん》から板書を写したノートを取り出すと、できるだけ落ち着いた声を出した。

「先生はとても心配しています」

ハルタははっとし、深くうなずいた。

「クラスのみんなも、とても反省しています」

ハルタが疑いの目を向けてくる。

そもそもハルタが登校拒否をした理由はこうだ。学校にはハルタの片想いのひとがいる。携帯電話のカメラで盗撮——いやいや——こっそり撮影したそのひとの写真を密《ひそ》かに眺めるのが彼のささやかな楽しみであり日課でもあった。普段はパスワードで厳重にロックしているくせに、ある日に限ってそれを忘れ、こともあろうに校舎でなくしてしまった。目を血走らせて必死に捜すハルタ。見つけたのがクラスの男子だったのがいけなかった。興味半分でフォト・フォルダを覗《のぞ》いて、その片想いのひとの写真を見てしまったのだ。それもたくさん。わたしにはその男子の狼狽《ろうばい》ぶりがよくわかる。まさにパンドラの箱を開けてしまった心境だろう。教室内はざわめき、困惑し、歓声があがり、たちまち台風の目のようにハルタはクラスメイトに囲まれた。

「ぼくは決めたんだよ。もう、学校やめる」ハルタが遠い目をしてぽつりといった。

「はあ?」

「そうか。チカちゃんにはわからないんだな、ぼくの気持ちが。いろんな生徒から冷たい視線を浴びる学校へと、再び通わなきゃならない心境が」

わたしをいまだに「チカちゃん」呼ばわりするこの奇妙な幼なじみをじっと見つめた。

「学校を休んでいる間、クラスのみんなのぼくに対する冷たい視線を、すこしでも逸《そ》らすことができないかとずっと考えていたんだ。でも駄目だった。ぼくはぼくである前に、他者にどう見られているかを気にする弱いぼくがいて、見られる存在としての自分と、その存在を脅かす非自己と二分した世界が」

わたしはボトルのキャップを締めて投げつけた。手加減は、なしだ。

「ごめん」ハルタが縮こまって謝る。悪い癖だ。自分の本心を他者に悟られまいと、小難しい話で煙《けむ》に巻こうとする。

「とにかく」わたしはいう。「あの件なら、もう心配いらないから」

「どういうこと？」

「わたしが一週間かけてクラスのみんなをいいくるめたの。ハルタには他に好きな娘《こ》がいるって。携帯の画像は、お人好《ひとよ》しのハルタがわたしの友だちに頼まれたものだって」

「チカちゃん……」

一瞬、感動してくれたと思いきや様子が違った。

「ぼくはきみに嘘をついてと頼んだ覚えはないんだけど」

わたしはちゃぶ台を両手でばんと叩《たた》き、ハルタの胸ぐらをつかんだ。

「――いい？　あんたは友だちを心配させて、嘘までつかせたの」

ハルタが首を激しく上下にふる。

「文化祭も近いの。そのへん、わかってる？」

ハルタは大きくうなずいた。必死な形相だ。そろそろ首が痛そうだから手を離してあげることにする。ハルタは腰が砕けたように座り込み、ようやく顔に反省の色を浮かべた。

「……そういえばチカちゃん、文化祭の実行委員だったよね？」

「こう見えても忙しいのよ。あー、忙しい、忙しい。で、学校くるの？　こないの？　どっち？」

ハルタは目を落としたまま黙っている。

「十代のうちに恥はいっぱいかけって」

あぐらをかいて投げやりにいうと、ハルタは鼻先を殴られたような表情で顔を上げた。

「身も蓋《ふた》もない」

「なんか文句ある？」

ハルタはなにかいおうとした口を閉じた。迷っている様子にとれた。考えてみればかわいそうだった。わたしがハルタと同じ立場だったら、再び学校に行けるかどうかわからない。

「あんたに名誉挽回《ばんかい》のチャンスをあげる」

「名誉挽回？」

「男をあげるチャンス」

訝《いぶか》しげな目を向けられたので、わたしは座り直して真面目につづける。

「文化祭が中止に追い込まれそうなのよ」

「へえ」ハルタはきょとんとしていた。「それはまた、どうして？」

「掲示板に脅迫状が貼られたの」

ハルタは動じなかった。「先輩の話だと、毎年あるみたいじゃないか」

「一昨年《おととし》からよ。手口はずっと同じ。わら半紙に新聞の文字を切り抜きにして、拡大コピーして貼るの。要求を呑《の》まなければ屋台の食べものに毒を盛るって」

屋台でガスコンロの使用は禁止されているが、電気プレートなら申請すれば許可が下りる。電源の数に限りがあるから早い者勝ちだ。

「確か去年は――」

「クレープ」

「一昨年は？」

「たこ焼き」

「で、今年は？」

「やきそば」

うぷぷ、とハルタが笑いを堪《こら》えている。「じゃあ訊《き》くけど今年の要求はなんなの？」

「教頭のかつらよ。学校の史上最大のタブーに職員室はかつてない緊張感に包まれてるわ」

つまりそういう悪ふざけだ。

「……チカちゃん。どこの学校にもどうしようもないバカがいて、そのバカがバカなことをして楽しんでいるんだ。毎年、脅迫状のネタを考えるやつもそのバカのひとりなんだよ。いやあ、まったく素晴らしいバカだ」

「あのね。毎年なにも起きないし、だれかのいたずらだってことはわかってるの」

面白がるハルタの言葉を切り、わたしはつづけた。

「世の中にはどうしようもないバカが本当にいて、文化祭や体育祭を中止しないと自殺する、生徒を殺す、なんて電話があったり、メールを送りつけられたりする学校だってあるの。そんな予告を受けた学校の大半は中止や延期に追い込まれてる。学校の生徒はみんな悔しい思いをしたと思う。わたしたちの文化祭に毎年脅迫状を出すバカも程度は違えど同類よ。単なる嫌がらせや冗談だとわかってても、先生やわたしたちは真面目に、我慢して受けとめて対応してる。みんなの文化祭をつぶさないよう努力してるの」

「でもさ」

ハルタが付き合ってられないよ、というジェスチャーをして反論しようとする。しかし言葉はそれ以上つづかなかった。たぶん、わたしの顔を直視したからだろう。わたしは不覚にも目に悔し涙を浮かべそうになっていた。

ハルタが静かに息を吸い込む気配が伝わった。

「……ふうん。今年は本気なの？」

わたしはこくりと返した。「ほら。覚えてる？　文化祭の準備で見た化学部の展示。ハルタが飛行石みたいだって、ほしがった結晶があったじゃない」

飛行石は「天空の城ラピュタ」というハルタが好きなアニメ映画に出てくる空に浮かぶ力を持つ宝石のことだ。それに似た透明で美しい青色の結晶は、化学部でも人気があって、毎年大きな結晶作りに挑戦している。いわば恒例の展示物だった。

「あれがどうかしたの？」

「なくなったみたいなの」

「なくなったって、あれは確か」

「硫酸銅の結晶」

ハルタが呆気《あっけ》にとられていた。

「劇薬だ」

わたしは目を伏せてうなずく。「昨日の放課後、監視役の生徒がいったん理科室から出て、五分くらい目を離した隙になくなってたみたいなの。いま、実行委員のみんなで必死に捜してる」そして生唾《なまつば》を呑んでつづけた。「……まだ先生には黙ってるの」

「もし劇薬の盗難なら、すぐ先生に知らせて警察に届けないと」

わたしは口元に弱々しい笑みを浮かべ、

「はは。そんなことしたら、文化祭が中止になっちゃうじゃない」

「正気か？ チカちゃん！」

「ごめん」萎《しお》れた花みたいにうなだれた。「わたしもみんなもどうかしてる。本当は怖いの。どうしていいのかわからなくて、どうにもならないところまで追い込まれてるの」

絶句したまま硬直しているハルタを上目遣いで見て、沈んだ声を出した。

「……ねえ。助けてよ、ハルタ」

2

どうしてハルタを頼りにしてしまうんだろう？

いつも思う。

ハルタとは小学校に上がるまで家が隣同士の幼なじみだ。わたしたちふたりの再会は高校に入学した今年の春にさかのぼる。あの頃のわたしはひとつの決意を胸に秘めていた。憎たらしいほどショートヘアとズボンが似合っていた中学時代と決別して、女の子らしい部活に入ろうと決めていたのだ。年中無休、二十四時間営業の日本企業のようだったバレーボール部に未練はなかった。だいたいプロスポーツにさえシーズンオフがあるのに、あれはどう考えても腹立たしい。それで中学のときから密《ひそ》かに憧《あこが》れていた吹奏楽部の門を叩いたのだ。吹奏楽。素敵だと思う。クラシック音楽のような敷居の高さはないし、なにより音楽のジャンルは問わない。ジャズだって歌謡曲だってできる。管楽器なら高校からはじめてもそれなりに音は出せるだろうし、まだわたしにも間に合う気がした。

入学当初からヘビのようにしつこかった女子バレーボール部の勧誘は、おばあちゃんを必死に説得して買ってもらったフルートを「三枚のお札」の魔よけのお札のように見せつけて、なんとかふり切っていた。

しかし入部届を出そうとしたときに悲劇が襲った。部長が気まずそうに今年の卒業アルバムの写真を見せてくれた。写っていた部員は七人。え？　うち四人が卒業。え、え？　残ったのはたった三人の二年生。ええええ！　おまけに顧問の先生が転任して、廃部の危機に立たされていた。わたしの顔から血の気が引いた。女子バレーボール部の先輩たちがハイタッチをしていた。そのとき、わたしの背後で「うへえ」という間の抜けた声が聞こえた。アルバムをのぞき見する新入生の男子がいたのだ。

それが、九年ぶりに再会してホルン吹きとなっていたハルタだった。

トントンカンカンと鉄を叩《たた》く音が聞こえる。

わたしはリズムを取りながらぼうっと見上げていた。校舎の正門で、ベニヤ合板と工事現場の足場を組み合わせてゲートづくりがはじまっている。

文化祭まであと三日。今日から授業は午前中だけになり、午後から文化祭の準備にあてられる。中庭で着々と完成に近づいていく巨大モニュメント、彩り豊かな校舎の飾りつけや横断幕、ぺたぺたと貼られていくポスター、毎日すこしずつ変化する学校の雰囲気によって生徒たちの期待は膨らんでいる……と思いたい。

わたしたち実行委員の表情はみんな、世界の終わりの日みたいに暗かった。

「チカぁ」

刷り上がったばかりのパンフレットを抱え、同じ実行委員の希《のぞみ》がやってきた。希はペン画部の同級生で漫画を描くのがとてもうまい。実行委員は文化部から一名ずつ選出され、やることは雑用だが結束はかたい。

「今朝はごめんね」希がわたしの制服の袖《そで》をつかんできた。「みんなの手伝いができなくて」

「パンフレット、今日が締め切りだったんでしょ?」

「でも」と、希は寝不足で腫《は》れぼったい目をしょぼしょぼさせる。

朝の六時、実行委員のメンバーと化学部の部員は校舎に集結した。もう一度念を入れてなくなった硫酸銅の結晶を捜すためだ。大きめのガラス瓶に入った青色の結晶はけっこう目立つ。だれかが出来心で持ち出して、扱いに困ってどこかに捨ててしまったのかもしれない。実験室、教室のベランダ、焼却炉、分別ゴミの廃棄物入れなど、考えつく限りの場所を捜しまわった。

「やっぱ盗まれたのかな」希がぽつりとつぶやく。押し黙るわたしに不安を抱いたようだ。とまらなくなる。「ぜったい新聞沙汰《ざた》になるよね。そうなったら中止だよね」

それ以前に最悪のケースとして硫酸銅が犯罪に悪用される可能性があるのだ。わたしはまぶたを閉じた。あの毎年恒例の馬鹿げた脅迫状をはじめて恨んだ。いったいなんの目的で……

「チカ、ごめんね」

希の声に我に返る。

「警察に届けるっていったチカを引きとめたのは、私たちなのに」

実は硫酸銅の結晶の紛失が発覚したとき、実行委員はふたつに分かれた。まっさきに先生に報告して警察に届けるべきだと主張したのはわたしだ。ハルタにいわれるまでもない。しかし結局、反対派の希たちにおされる結果となった。反対派はこの学校の生徒の良心を信じている。先生への報告を一日二日遅らせ、その間に解決できなければ責任をとる、と反対派のだれかが声高にいっていた。でも責任なんていったいどうとるのだろう。軽々しくいっていい言葉だろうか。もう後戻りできないところまできている気がする。

「今日中に見つからなかったら警察に届けるんでしょ？」

昇降口に向かう途中、希がしきりに訊《き》いてくるので「うん」と返した。

「最後まであきらめないよね」

今度は力なく「……うん」と濁す。

「みんなの力で、なんとかするんだよね」

なんとかする。むなしく響く言葉だと実感した。そういって本当になんとかするひとはなかなかいない。この学校でわたしの知る限り、ふたりをのぞいて——

「藤本《ふじもと》くんの様子、どうだった？」

希に訊いてみた。藤本くんとは化学部の同級生で白衣が似合う秀才だ。硫酸銅の結晶を紛失させてしまった当事者でもあり、希は彼に片想いをしている。

「それがね……。ヤケクソになって薬品でパイづくりに挑戦している。パイを売るんだって。大きなパイが好きなんだって。うわーん」

なんだかよくわからないが、彼の重圧は限界まで達しているようだ。それくらいは当然の報いだ。よしよしと希の頭をなで、ため息をついたときだった。

「おおぉい。穂村《ほむら》さん」

遠くからわたしの苗字《みょうじ》を呼ぶ声がした。その声にどきっとしてふり向く。

草壁《くさかべ》先生が手をあげて近づいてきた。音楽担当としてはめずらしい若手の男性教師で、一部の生徒からはのび太くんみたいな優男と呼ばれている。今年わたしたちの高校に着任して吹奏楽部の顧問を快く引き受けてくれた先生だ。草壁先生とわたしは夏休みまで部員集めに奔走した。ついでにハルタも。

ふと見ると先生の隣に背の低い女子がいた。見覚えがある。確か生物部の同級生だった。

「ちょうどよかった」

草壁先生は希にも顔を向けた。黒縁眼鏡がとても似合う。

「ほら。昨日、生物部でスズメ泥棒騒ぎがあっただろう？　あれが解決したんだ。実行委員のみんなには迷惑かけたね」

わたしはぽかんとした。そんなことがあったなんてすっかり忘れていた。

「はあぁ」希が長い息を吐く。「いろんなものが盗まれて――」

わたしは慌てて希の口を塞《ふさ》ぐ。

「なんだい？」と草壁先生。

「なんでもないです！」

思わず大声で叫んでしまい、あわわと顔を赤くしてうつむいた。沈黙のあと、草壁先生が静かに口を開く気配を頭上で感じ取った。

「文化祭の準備とはいえ、教室や部室を開放しているところが多いんだ」

希がびくびくしている。

「貴重品や機材の管理にも隙ができてしまうのかもしれない」

今度はわたしの背筋が冷たくなる。

「トラブルが起きてからでは遅いから、今日から校内放送で注意をうながしておくよ。きみたち実行委員も念のため、各部に通達をまわしてくれないかな」

わたしは「はい……」と返事をした。草壁先生のそばに立つ生物部の部員に目をとめる。スズメ泥棒騒ぎで草壁先生を頼ったのだろうか。だとしたらその気持ちはよくわかる。草壁先生は一年目の新人教師だけど、わたしたち吹奏楽部のメンバー含め、一部の生徒から絶大な支持を受けている。

草壁先生をずっとそばで見てきたわたしにはわかる。若いからという理由で、意地の悪い学年主任や年輩の先生に、学校行事にかかわるさまざまな雑用をまわされているが、それをこなしながらも教頭や校長にきちんと意見をいっている。聞いたところでは学生時代に東京国際音楽コンクール指揮部門で二位の受賞歴があって、国際的な指揮者として将来を嘱望されていたらしい。それがどうしてこの学校の教職についたのか謎に包まれている。でもわたしには、謎なんてどうでもよかった。草壁先生はそんなすごい経歴を持ちながらも、おごりや尊大さのかけらも持たない。難しいことはいわず、わたしたちの目線に合わせて、わかりやすい言葉で話してくれる。たぶん指揮者を目指していたときも楽団員からの人望は厚かったんだと思う。

「それにしてもよかったよ。上条《かみじょう》くんが学校にきてくれて」

草壁先生がいい、わたしは現実に引き戻された。上条はハルタの苗字だ。

「ハルタは？」

「さっき会って同じ話をしたばかりだよ。いまごろ音楽室でみんなと文化祭で発表するストンプの練習をしているんじゃないかな。穂村さんもあとから顔を出すといい」

「そうします」

いったん踵《きびす》を返した草壁先生がふり向いてきた。なにかに気づいた様子でわたしを見つめてくる。

「もしかして、なにか問題ごとでも抱えているのかい？」

「え」

「いや。昨日から穂村さんも含めて、実行委員の様子が慌ただしいようだから」

じわっと涙がでそうになった。ああ。やっぱり駄目だ。

「え、あの。実は……」

希が慌てて背を伸ばし、わたしの口を塞いでくる。ふたりでとんだ醜態をさらした。草壁先生がくすりと笑い、「きみたちは仲がいいね」と生物部の一年生と職員室のほうへ去って行った。

わたしは草壁先生の背中をぼうっと眺めた。わたしと歳が十離れている。

「……そんなに好きだったら思い切って告白すればいいのに」

希の声が後ろから聞こえてきて、焦ってふり返る。

「私はチカの応援をするよ。いまどき先生と生徒が付き合うなんて、少女漫画でもネタにできないくらい、めずらしくもなんともないし」

「だって」声が裏返りそうになった。実際裏返った。「ライバルがいるもん」

「ライバル？」希は不思議そうな顔をした。「まあ草壁先生レベルなら……ライバルはいなくもないだろうけど、たぶんチカだったら楽勝だよ。可愛いし、スタイルだっていいし」

「駄目。ぜったい駄目。ちゃんと協定を結んでいるんだから」

「きょうてい？」

「お互い抜け駆けしない」

「ふーん」希はわかっているようなわかっていないような、気の抜けた返事をした。「変なの」

どうも希とこの話をすると嚙《か》み合わない。仕方がないことだった。わたしは昇降口で希と別れるとハルタがいる音楽室を目指した。ハルタは一週間ぶりの登校だが、クラスのみんなは以前とまったく変わらずに受け入れてくれた。わたしの裏工作が功を奏したわけだ。

音楽室は校舎の四階にある。階段を上がって近づくと、箒《ほうき》の柄で椅子を軽快に叩《たた》く音や、バケツやペットボトルを乱打する音が聞こえた。……すごい。昨日よりみんなの息が合っている。

「うはは」

ハルタの下品な笑い声がした。

引き戸を開いてのぞくと、ハルタを中心に吹奏楽部のメンバー八人が集結していた。ストンプは机や箒など身近にあるものを打楽器にしたアンサンブルだ。鍵盤《けんばん》式アコーディオンを主旋律にして、メンバー全員が軽快なリズムを生み出し、ハルタがドラム缶でリードしている。

わたしは思わず聴き入った。いつの間にかリズムを取る自分に気づく。やがて演奏は終了し、メンバーのどっと吐き下ろす息が音楽室にあふれた。

「チカちゃん」中心にいるハルタが白い歯を見せた。「残念ながら、きみのいる場所はないよ」

わたしはハルタの耳をちぎれるほど引っ張って音楽室から出た。

3

いてててて。

ハルタの耳を引っ張ったまま隣の準備室に入り、部屋が揺れるほど乱暴に扉を閉める。

「なによ。やる気まんまんじゃないの」

しばらくハルタは涙目になってうずくまっていたが、「……やっぱり文化祭は楽しみだな」と立ち上がり、真顔になってつづけた。「だんだんつぶすのが惜しくなってきたよ」

その言葉を聞いて、わたしは準備室の隅でぺたんと腰をおろす。

「どうすればいい？　ハルタ」

「昨日話してくれた結晶紛失のことだね。今朝の成果は？」

わたしは力なく首を横にふる。見つかりませんでした。

「やっぱり学校内のだれかが校外に持ち去ったということか」ハルタは木琴をコンと鳴らしてつづけた。「化学部の部員が目を離したのはほんの五分くらいだよね？」

「そうだけど」

「だったら出来心や偶然が重なったというよりは、その隙を狙って持ち去ったと考えるほうが自然だ。つまり犯人は計画的にあの結晶を盗んだことになる」

普通に考えればわかることなのだ。なのに、そのことはなるべく考えずに避けてきた。どうか出来心や偶然であってほしい――みんなのその思いが先生への報告と警察への通報を遅らせ、今日まで右往左往する羽目になった。

「あーあ。よりによってあの結晶を盗むなんてどうかしてるよ。化学部の部長が愛称までつけて大切に育てていた青カビを盗んだほうが、ずっと健康的なのに」

ハルタの言葉を無視して、

「あの脅迫状、本気なのかな？」

「チカちゃんはどう思う？」

逆に問い返されたので、わたしは頭をめぐらせた。

「……新聞の文字を切り抜いて、わざわざ拡大コピーして掲示板に貼ってあるのよ。要求もふざけてる。ワープロがない時代ならともかく、いまどきあんな手間ひまかけたパフォーマンスをするのは、単なるウケ狙いとしか思えない」

「ぼくたちの世代なら、ああいう古色蒼然《こしよくそうぜん》とした形のほうが雰囲気があって面白いんだよ。だいたい本気で文化祭をつぶしたいのなら、筆跡がばれないよう定規を使って書くか、校長か教頭宛てに送りつけるか、チカちゃんが昨日いった通り直接メールか電話をする」

ふむふむ。確かにそうかも。

「あの脅迫状は今年で三回目。なぜ三回目になって脅迫内容の実現をほのめかすような凶行に出たのか、そこがさっぱりわからない。それに劇薬盗難なら、社会的な影響が大きいから警察は窃盗容疑として真剣に捜査するよ。教頭のかつらじゃ、あまりにも割が合わない」

わたしは考えた。「あの脅迫状と結晶泥棒が別の事件といいたいの?」

「別の事件さ。でも完全に別とはいいきれない」

ハルタが思わせぶりにいう。わたしを試しているのだとわかった。ううう。燃えてきた。こいつにだけは負けたくない。

あの脅迫状は今年で三回目――ハルタの言葉を反芻《はんすう》する。つまり三年間、同じ手口が使われたのだから、脅迫状の犯人はこの学校の三年生とみていい。しかし三年生のクラスは全部で八つ。二百五十人を超える。その中から、あてもなく捜すのは到底無理だ。

「チカちゃん。なにぶつぶついっているの?」

「うるさいっ」

ハルタはキャンキャン吠《ほ》えるスピッツを軽くあしらうようなしぐさをして、

「なんというか、ふたつの事件はおかしな部分でつながっている気がするんだけどな」

「……おかしな部分って？」

「ここ一日二日のチカちゃんたちの行動を聞いていると、とくにそう思える。いいかい？　何度もいうけど、今回は劇薬盗難の可能性があるんだ。起きた時点でさっさと先生に報告して警察に通報するべきなんだ」

「だからそれは」

いいかけてはっとした。待てよ。実行委員の中でだれが最初に先生への報告を引きとめたのだろう？　反対したメンバーは半分近くいた。中にはこの学校の生徒の良心を信じているメンバーもいるけれど、決してそうでないメンバーがいるとしたら——。だんだん事件の全容が見えてきた気がした。

「ハルタ。なにか書くものちょうだい」

ハルタが無言でポケットを探る。出てきたのは小指の第一関節ほどまで短くなった鉛筆だった。ぜったい嫌がらせだ。

わたしは上履きの足跡がついた五線紙を拾い上げると、ちびた鉛筆で器用に書きはじめた。この学校には運動部が十八、文化部が二十ある。文化祭の実行委員は、その二十ある文化部から一名ずつ選出されている。

フラワーアレンジメント愛好会
マジック同好会
鉄道研究会
天体観測部
家庭部

「へえ……」のぞきこむハルタがつぶやく。「マイナーな文化部ばかり書いて、これからなにをはじめるつもりなの？」

「先生への報告を引きとめた文化部の中で、三年生が実行委員を務めてるのがこれなの」

「つづけて」とハルタ。

「この中の実行委員に脅迫状を書いた犯人がいるなら、本当に脅迫状通りに実行に移すひとがいると知って驚いたと思うの。本人はウケ狙いのつもりで毎年貼っていたのに、警察に通報されたらただのいたずらがいたずらで済まされなくなる。関係がないとあとからいくらわかってても問題視されちゃうじゃない」

「だから先生への報告を引きとめたと？」

わたしは力強くうなずいた。「たぶん脅迫状を書いた犯人は、結晶泥棒に心あたりがあるのよ。一日二日で見つけられる自信があった」

「なるほど。仮説だけどつじつまは合う」とハルタが感心する。

「ね？　これからこの五つの文化部の実行委員をあたっていけば、おのずと今回の事件は芋づる式に解決するってわけ」

ハルタが難しい顔をしていた。その反応にむっとした。

「なによ。わたしの考えに文句ある？」

「文句はないよ。だけど」

「だけど？」

「その肝心な脅迫状の主がまだ見つからない状況なんでしょ？」ハルタはそういって腕時計を袖口《そでぐち》から出した。「今日の放課後が警察に通報するタイムリミットなら、あと三時間くらいしかない」

「だから頑張るんじゃないの」

「チカちゃんの仮説なら、いまごろ脅迫状の主は結晶泥棒を必死に捜している。もしかしたら追いつめられて騒ぎを起こしている頃かもしれない」

あ——。文化祭準備のトラブルを懸念していた草壁先生の顔が思い浮かんだ。まずい。草壁先生にだけには迷惑かけたくない。

「行くわよ、ハルタ」

わたしは嫌がるハルタの腕を無理やり引っ張り、準備室から出た。

「なんでぼくが」とハルタが首をまわす。「ああっ。ぼくが大事に育てた鉛筆が転がっていく……」

「あとにしなさいっ」

わたしとハルタは急いで階段を下りて旧校舎に向かった。一階に文化部の部室がかたまっている。まずはフラワーアレンジメント愛好会から訪問しようとしたとき、通り過ぎたペン画部の部室から叫び声が聞こえた。よく見るとペン画部の部員が廊下に出て、心配そうに窓をのぞいている。

ハルタが部室をひょいとのぞく。

「ビンゴだ」

わたしものぞいた。部室にマジック同好会の実行委員の三年生がいた。彼は大声をあげて希を一方的に責め立てている。

わたしはその場に立ちすくんだ。

うそ。まさか。希が結晶泥棒？――

4

「チカっ」

希が泣きそうな顔になって、わたしにしがみついてきた。

部室の中央に立つのはマジック同好会の小泉さんだった。邪魔が入ったとばかりに舌打ちしている。だいぶ荒れていた様子だ。

ハルタがそそくさと、わたしたちを守るように一歩前に出た。

「なにがあったのか教えてくれませんか、先輩？」

静かで落ち着いた声だった。普段いわれない先輩という言葉に自尊心をくすぐられたのか、小泉さんは顔を背け、

「関係ないだろ」

とさっきまでの剣幕が嘘のようにつぶやいた。

「このままだとギャラリーが先生に知らせに行きますよ」

ハルタが廊下側に目を向けた。小泉さんも顔を向けると、窓から顔を出していた部員が一斉に引っ込んだ。薄情者め。

小泉さんはわたしの背中に隠れる希を睨《にら》みつけると、

「……おい。硫酸銅の結晶を早く出せよ。大変なことになるぞ」

「私、あんな怖いもの盗んでないもん」と希。

「嘘つくな」

「本当だもんっ」

「あの」さっきから希に盾にされているわたしは口を挟んだ。「話がよく見えないんです

けど」

小泉さんはいいづらそうに押し黙った。希は希ですっかり怯《おび》えている。

「脅迫状を貼ったの、先輩ですか？」

ハルタの躊躇《ちゅうちょ》ない言葉が部室に響いた。小泉さんはすこし驚いた顔をしたが、

「ああ。そうだよ」

とあっさり認めた。

わたしと希が絶句する。気が動転したわたしの次の一言、「逮捕する」

「おいおい待てよ」小泉さんが慌てていい訳する。「あんなの冗談に決まっているじゃないか。学校のみんなも本気にしてないし、それどころか毎年期待してくれているんだ。だいたいあの紙をあぶり出すと、『マジック同好会よろしく』って文字が浮き出てくるのを知らないのか？」

「知るわけないでしょっ、そんなもんっ」わたしは思わず声を荒らげた。

しかし「そうですか」と妙に納得したのはハルタだった。「ぼくもあれが冗談だと信じていましたよ。まあ、度は過ぎていましたけど……。ですが先輩がさっきいった言葉は冗談には聞こえませんでした」

小泉さんが希をちらりと見る。「彼女を結晶泥棒扱いしたことか？」

「いえ」ハルタは否定した。「大変なことになるといったことです。教えてください。文

化祭が中止になったら、なにが大変になるんですか？」

わたしはハルタを見つめた。話が思わぬ方向に進んでいる。ハルタはいったいなにを聞きたいんだろう？

小泉さんがにぎり拳《こぶし》をつくる。なにかに耐えている様子で、やがてその顔に苦渋の色が広がった。

「今年の文化祭が中止されたら、廃部の危機にある文化部があるんだよ」

「やっぱりそうだったんですか。それはもしかしてフラワーアレンジメント愛好会、マジック同好会、鉄道研究会、天体観測部、家庭部ではありませんか？」

え？――全部わたしが五線紙に並べた文化部だった。

「お前、よくわかっているな」小泉さんはハルタを見直すようにいった。「その通りだよ。文化部の部員減少は昔からどこも悩みのタネだったんだが、ここ最近の帰宅部増大がさらに拍車をかけているんだ。おかげで一年生、二年生がぽっかり空いてしまう『歯抜け』の現象が起きているんだよ。とくに二年生の歯抜けが起こると一年生がリーダーをやらざるを得なくなって、その部活はレベルダウンしてしまうことが多いんだ」

「ちょっと待ってください」話についていけないわたしはさえぎった。「部員の数がすくないくらいで、そう簡単に廃部にならないと思います。どこの文化部だってそうですし、学校だってそれだけでそんなひどい処置はとらないと思います」

だれだ、この脳みそがぽっかぽかに温かい女は?――と小泉さん。

ぼくの友だちです。えへへ――とハルタ。

ふたりがなにやらアイコンタクトしている。ムカついてきた。

「あの……」とわたしの背中から、ひかえめな声を出したのは希だった。「もしかしてふたりは大会実績のことをいっているんですか?」

「まあね」ハルタがつづける。「悲しいことに運動部と文化部の予算額は年々差が開いている。もちろんすくないほうが文化部だ。文化部の活動は表に出るような華々しさはないし、運動部と比べて部活動のPRをする機会がすくないからだよ。でも大会があって全校集会で賞状をもらえる機会があれば別だ。なにも賞状にこだわらなくてもいい。大会に継続参加している実績さえあれば部の存続を訴えやすい」

「そういうことだ」今度は小泉さんが口を開く。「公式大会がない文化部にとっては文化祭が唯一の活動発表の場になるんだよ。発表内容は内容審査が行われて来年の予算獲得に大きく寄与するんだ。予算をすこしでも獲得できれば活動力の低下だけはまぬがれる。たとえ部員が極端にすくなくても、予算獲得が部の存続のための一本の蜘蛛《くも》の糸になる可能性だってある」

ハニワのようにぽかんとしていたわたしは、希に小声でたずねた。

「ねえ。希たちはだいじょうぶなの?」

「だいじょうぶって？」

「だって——」とわたしは廊下にいる部員に目を向けた。ペン画部は希を入れて四人しかいない。

「心配ないわよ。ちゃんと公式大会に参加してるもん」

「公式大会？」

「まんが甲子園」

「……なにそれ？」

わたしたちのやりとりを見ていたハルタと小泉さんがぷっと吹き出した。

「チカちゃん。たかが漫画かもしれないけど、毎年高知県で開催されている公式大会があるんだよ。名だたる新聞社やテレビ局が後援している」

「ペン画部はうまく活路を見つけた部活のひとつだな」と小泉さんもいう。

「そうなの……」ぜんぜん知らなかった。希はそんなこと一言もいってくれなかった。わたしは「ごめんね」と希に謝った。

「生物部はどうですか、先輩？」唐突にハルタが小泉さんにたずねた。

「生物部だと？」小泉さんが面食らった顔をする。

「あそこは三年生の部長が夏休み前に転校して、一年生が三人しか残っていないじゃないですか」

「ああ。あそこの部長と俺は友だちだったよ。やつは去年、日本学生科学賞で中央審査まで進んだ実績を残したんだ。生まれ故郷の沖縄の海を、水槽の中で再現しようとしたんだ。その研究を一年生が引き継いで、今年の最終審査を目指している。今回の文化祭の展示の目玉がそれだよ」

「日本学生科学賞……。どこもそうやって活路を見出《みいだ》しているわけか」と感心するハルタ。

わたしは小泉さんにたずねる。「じゃあ、さっきハルタがいった五つの文化部は？」

「公式に参加できる大会をまだ見つけられない部だよ。部員の歯抜けや指導に消極的な顧問にも悩んでいる。存続ぎりぎりの瀬戸際に立たされているんだ。だから今年の文化祭の発表は夏休みから力を入れてきた。足りない活動費をバイトで埋めている部員だっている。なのに――」

小泉さんが悔しそうに言葉を切る。部室がしんと静まり返る中、ハルタが口を開いた。

「だれかが先輩の脅迫状を利用して、文化祭を中止させようとしているんですか？　五つの文化部を廃部に追い込むために」

「すくなくとも俺はそう考えている。だったら許せない」

「先輩はだれかに恨みを持たれていることはないですよね？」

「俺には心あたりはないし、マジック同好会のメンバーもそれは同じだ。他の四つの部活の部員も地味だがみんないいやつらばかりだ。ひとから恨みを買うなんて考えられないな」

「ふん。他人の腹の底なんかわからないわよ」わたしは小声で口を挟む。

「なんだと?」と小泉さん。「お前それでも女子高生か?　場末のスナックのバツイチのママみたいなことをいうな!」

「まあまあ」とたしなめるハルタ。「話を戻します。結晶泥棒のメリットは?」

「部活が減れば来年の予算枠もそれだけ増える。それを願っているやつがいると思った。いるとしたら文化部のだれかだ」

「どうしてですか?」

「化学部が硫酸銅の結晶を今年も展示することや、保管場所を知っているのは、文化祭の準備に取りかかっている文化部の人間しかいないと思ったんだよ」

「ペン画部の希さんを疑った理由は?」ハルタの声が一段低くなる。

「今朝、結晶の捜索に参加しなかった」

「それだけ?」

「ああ」

その言葉を聞いてハルタは胸を撫《な》で下ろしていた。わたしには黙っていることができず、ハルタの背中をどんと押して小泉さんの前に出る。教卓の角にハルタが頭をぶつける音がした。

「ひどい。ひどいじゃないですか。希は文化祭のパンフレットを徹夜でつくっていたんですよ。希だって文化祭の成功を願っているんです。力になりたいと思って寝ずに努力してきたのに、それを、それを」

希が息を呑《の》んで、わたしの制服の裾《すそ》をにぎってくる。

目を落とした小泉さんはパンフレットを一枚手に取った。「……確かによくできているな」そうつぶやき、小さな声で「疑って悪かった」と謝った。

床に這《は》いつくばっていたハルタが悪い夢から覚めたように起き上がった。なにかを見つけた様子で首をまわし、ふらふらと教室から出て行く。

気づいたわたしは、「希、あとお願い」とハルタのあとを追った。

ハルタは廊下の一番奥にいた。頭を冷やすように額を窓にぴたっとくっつけている。

「……ごめん。頭、痛かった？」

「タイムリミットは？」

わたしの声にハルタの声がかぶさる。

「実行委員の打ち合わせが二時間後だけど」

ハルタは黙っていた。その視線をわたしも追った。正門近くに見覚えのある女子生徒の姿があった。重い足枷《あしかせ》でも引きずっているように、よろよろとした足どりで正門から出ようとしている。草壁先生と一緒にいた生物部の同級生だった。だいぶ具合が悪そうに思えた。

「あのさ、実行委員のみんなを説得して、先生への報告を明日にしてもらえないかな？」

「え」

「頼むよ」

「たぶんできるけど、どうして？　結晶が確実に戻ってくるの？」

「結晶はもう元の形で戻らない」ハルタが謎めいたことをいう。「ぼくにはわかったよ。結晶泥棒の真相が」

5

午後六時半。わたしはハルタを捜して校舎を歩きまわった。音楽室に鞄《かばん》があったから、まだ帰宅していないことはわかっていた。いまは文化祭の準備期間なので下校時間は普段より一時間延長されている。あと三十分で校舎から出なければならない。

薄暗くなった校舎の二階を歩く。理科室の扉がすこし開いていることに気づき、恐る恐るのぞいてみる。

小柄な人影が長机のひとつに座っていた。ハルタだった。

「ハルタぁ」情けない声を出してしまった。

「あれ？　まだ帰ってなかったの？」

「なによ」立ちどまった。「心配して損した」

「しっ」とハルタは口に人差し指をあてた。「できるだけ声を出さずに七時過ぎまで待つんだ」

「待つとなにがあるの？」近づいたわたしはささやく。

「待てばわかるよ」とハルタが意味ありげにささやき返した。「ちなみにこんなところで、ふたりきりになっているところをだれかに見られたら、ぼくたちは誤解されるだろうけど」

わたしはハルタからすこし離れた。

校舎にわずかに残っていた喧騒《けんそう》も七時に近づくにつれて聞こえなくなり、次第に濃くなる薄闇が理科室を侵食していった。窓からすこしだけ射すグラウンドの照明に救いを覚えた。腕時計に目を落とすと七時を過ぎていた。

ひたひたと廊下の奥から足音が近づいてくるのがわかった。その足音は理科室の前でぴたりととまる。わたしは息を呑んだ。

「——上条くんいますか？」

扉の向こうから聞こえたのは、女子生徒の小声だった。

「いるよ」

ハルタがこたえると、縮こまった影が扉を開けて入ってきた。顔がよく見えず、なにかを大切そうに抱えていた。ステンレス製の水筒に見えた。

声をあげそうになった。草壁先生と一緒にいた生物部の同級生がそこにいた。わたしの存在に気づいた彼女は、はっとした表情で後ずさろうとする。

「逃げなくてもいいよ。ここにいる彼女は乱暴者だけどきみの味方だ」

余計な一言にわたしは顔をゆがめ、なんとか自制心を保つ。

「う、うん。なにもしないから、こっちへおいで」

彼女がうつむきながら一歩ずつ近づいてくる。ハルタが机から下りて手を伸ばすと、彼女は無言でステンレス製の水筒を手渡した。

ハルタは受け取った水筒の蓋《ふた》をまわした。そして机の上にあるビーカーを取ると、窓から射すかすかな明かりの中で、そのガラスの容器をかかげて見せた。水筒の中身がとくとくと注がれていく。

「あ――」

青く、美しい透明の液体がビーカーに満たされていった。

わたしは言葉を失った。

「これがあの、硫酸銅の結晶の変わり果てた姿だね？」

ハルタがいうと彼女はこくりとうなずいた。

「硫酸銅の飽和溶液だ。結晶をペットボトルかなにかにいれて、よくふって一日放置しておくとできる。きみはこれを必要としていた」

彼女が黙ってうなずく。肩の震えが大きくなっていた。

「あなた、これが猛毒だって知って盗んだの？」わたしはようやく声を取り戻すことができた。

彼女は口をかたく閉ざしている。辛抱強く待ってもなにも喋《しゃべ》ろうとしない。そんな態度に思わずかっとなり、彼女につめ寄って肩をつかんだ。

「こたえなさいよ。いったいどういうつもりで猛毒なんか盗んだの？　文化祭が中止になるかならないかで、どれだけみんなが心配したかわかってるの？」

彼女はわあっと泣き出し、そのまま床に伏すように座り込んだ。激しい嗚咽《おえつ》が理科室にこもる。泣いていちゃわからない……泣いていちゃ……。わたしは茫然《ぼうぜん》とその場に立ち尽くした。

「チカちゃん」

ハルタの声にふり返った。

「ぼくたちから見れば猛毒だけど、彼女から見れば違うものに映るんだ」

「……どういうこと？」

「薬さ。白点病とウーディニウム。硫酸銅の水溶液がこのふたつの病気の特効薬になることは、意外と古くから知られているんだ」

「病気って」わたしはまだ泣きつづけている彼女を見た。「いったいだれがその病気に？」

「スズメだよ。コバルトスズメ。正式名称はスズメダイ科のルリスズメダイ。瑠璃色《るりいろ》の体色が鮮やかな、日本では広く知られている海水熱帯魚だ。沖縄のリーフでは潮溜《しおだ》まりによく群れている。たぶん生物部の部長が残した研究が、コバルトスズメの生態観測なんだろうね」

わたしはハルタを見つめた。

「白点病は観賞魚特有の病気なんだ。初期で一ミリほどの白点があらわれて、放置するとあっという間に全身に広がる。無数の白点で覆い尽くされた魚は痛みのために、砂利や流木に盛んに身体をこすりつけるようになる。たぶん彼女は――」

ハルタは持っていたビーカーを長机に置いてつづける。

「そんなコバルトスズメを見るのがつらくて、治してあげようと必死になったんだと思う。それで市販の薬を使った。だけどいっこうによくならなかった。海水魚の白点病と淡水魚の白点病では寄生虫の種類が違って、海水魚用の薬は市場にあまり出まわっていないんだ。世の中には海水魚の白点病によく効く高価な薬もある。その高価な薬が、彼女の手には届かなかった」

「どうして……？」わたしはつぶやいた。

「文化部の生物部は予算がすくない。一年生が三人で、コストがかかる熱帯魚の飼育を維持しているんだ。たぶんお小遣いも使ってきたんだと思う。部長が残した研究をつぶしたくないからだよ。なんとか文化祭に出展して、部の存続のために認めてもらいたかった」

わたしはうずくまる彼女を見た。

「本当なの？」

彼女は下を向いたままうなずいた。やがて、震えがやまない声が届いた。

「硫酸銅のことは知り合いから聞いたんです。化学部が結晶をつくって大切にしていることはわかっていたんです。でもひとつくらいならと思って……」ひっくと嗚咽がもれた。

「病気になったコバルトスズメと一緒に黙って持ち帰って……。でも怖くて、結局使うことができなくて……」

「それは」とハルタが口を挟んだ。「硫酸銅の水溶液の濃度を間違えると、コバルトスズメを死なせてしまうからだね」

彼女がうなずく。「次の日、私がコバルトスズメを黙って持ち帰ったことが大騒ぎになっていたんです。慌てて家に戻って元の水槽に返しました。でも硫酸銅のことはいえなかったんです。実行委員の友だちから、あれは猛毒で、盗まれたことが問題になっていると聞いたんです。戻したくても溶かしてしまったあとだから、もう元に戻せない……」

わたしは黙って聞き入った。スズメ泥棒。あのときの草壁先生の言葉がよみがえった。

「すみません、すみません」聞いているわたしたちの胸が痛くなるほど、彼女は謝りつづけた。「ずっとひとりで抱えて、もうどうすることもできなくて、そんなとき上条くんが声をかけてくれたんです」

ふと、彼女は転校した三年生の部長のことを好きだったのではないかと思った。彼が残した研究を必死に守ろうとしている。彼の生まれ故郷の沖縄の海を再現した水槽の世界を、なにがなんでもこの学校に残そうとしている。これって？——

「解決だ」ハルタはそっぽを向き、感情を込めずに吐き捨てた。

「でも」わたしにはどうしても胸のつかえがとれない。

ちっと舌を鳴らす音がして、ハルタが財布を取り出した。そして五百円玉をぴんと指ではじいた。宙でくるくるまわる五百円玉を、わたしは真剣白刃どりみたいに受け取った。

「実行委員のみんなをけしかけてカンパすれば薬代くらいには届くんじゃないの？　きみたち実行委員に彼女を責める資格はないと思うけど」

大切なものを守るために無軌道な行動に出た。それはわたしたちも同じだ。

「——うんっ」わたしはこたえた。「明日の朝、実行委員のみんなに伝えるわ。きっとわかってくれると思う。文句はいわせない」

「チカちゃん、その調子だ」

見上げていた彼女が洟《はな》をすすった。拭《ぬぐ》っても拭っても新しい涙が出てきて床を濡《ぬ》らしている。

「……ほら。早く帰らなきゃ先生に叱られちゃうよ」

わたしは彼女の腕を引いた。一緒に理科室から出ようとしたとき、ハルタがひとり残っていることに気づいた。

ハルタの後ろ姿は窓の外を眺めていた。見つめる視線の先に、つくりかけの文化祭のゲートがあった。

6

文化祭の当日。体育館のステージで演奏の後半のストンプの披露を終えた吹奏楽部にぺちぺちと拍手が送られた。用意した椅子が全部埋まっているわけではないけれど、それは毎年のことみたいだから仕方がない。

わたしは用具を片づけながら客席の方を向いた。

希が手をふり、マジック同好会の小泉さんがふてくされた表情で小さな拍手を送っている。

ステージの袖《そで》で草壁先生が同級生や先輩の女子部員に囲まれていた。うかれた声が聞こえてくる。ふん。まだまだ子供だ。彼女たちの「好き」とわたしの「好き」は次元が違う。

先生と一緒に部員集めに奔走して、ずっと先生をそばで見つづけてきたわたしだからいえる「好き」がある。今日の凝った発表も夏休み前だったらとても考えられなかった。その感動を、先生と分かち合える資格がわたしにはあるのだ。

　しかし誤算があった。

　部員集めに奔走して先生を好きになったのはわたしだけではない。もうひとりいる。

ステージから下りたわたしの目が客席の一点をとらえた。生物部のメンバーが全員いた。

薬代は実行委員のみんなと噂を聞きつけた文化部の生徒が出し合って二万円も集まった。

病気のコバルトスズメは一命を取りとめたという。

　あの同級生がぺこりと頭を下げた。祈りを捧《ささ》げるように、いつまでたっても顔を上げようとしない。

　心苦しかった。今回の事件の解決で、わたしが最大の功労者ということになった。おかげでみんなから一目置かれるようになってしまった。

　本当の功労者——

　わたしはふり向いた。

　ハルタがぽうっとした目で草壁先生を眺めている。心ここにあらず、といった感じだ。

　いま考えれば登校拒否をした前日のハルタの態度は立派だったと思う。クラスのみんなに囃《はや》されても、一言もいい訳や否定をしなかった。ただ黙ってうつむき、立っているだけだった。

わたしにはできない。

ハルタは男だけれど、ときどき先生を盗《と》られてしまうんじゃないかと不安になるときがある。そんなことはぜったいないけれど――ないと信じたいけれど……怖い想像をして夜も眠れないときがある。

思わず鳥肌が立った。想像を絶する三角関係だ。ぜったいに認めたくないけれど、ハルタならなぜか許せてしまうときがある。

ハルタはわたしの最大のライバルなのだから。

クロスキューブ

冬きたりなば春遠からじ。

中学時代の恩師が教えてくれた言葉だ。わたしはずっと日本の諺《ことわざ》だと思っていた。間違いを指摘してくれたのは幼なじみのハルタだ。牛乳パックのストローをくわえながら、「いいんじゃない、それで?」と投げやりな口調でいわれた。なんだかムカついたので首を絞めたら、「イギリスの詩人、シェリーの『西風に寄せる歌』の一節だよ」と涙目で説明してくれた。ふうん。意外だった。なかなか素敵な詩人じゃない。わたしが感心すると、「奇行と奇癖があいまって、放送禁止用語級の渾名《あだな》をつけられたひとなんだけどな」とハルタがぼやいた。思い出を汚された気がした。シェリーさんにではなくハルタにだ。

たとえシェリーさんが×××だとしても、詩が素敵ならそれでいいじゃないか。耐え忍ぶ寒い冬がきたということは、暖かい春がくるのも遠くない。いまたとえ不幸でつらくても、それを耐え抜けば前途に明るい未来と希望が待っている。そう信じる気持ち、大切にしたいな。

でも中には不幸を盾にして身動きできないひともいる。厳しい冬の寒さの中、凍えた息を吐くだけで精一杯のひと……。わたしだってわかっている。人間は言葉でいうほど強くない。
そういうひとは、どうすればいいの？
どうやって背中を押してあげたらいいの？
ねえ教えてよ、ハルタ。

1

わたしの名前は穂村千夏《ちか》。高校一年の恋多き乙女だ。キュートガールでもいい。とにかくそういわせてほしい。中学時代は年中無休、二十四時間営業の日本企業のような苛烈《かれつ》なバレーボール部に所属していた。高校入学を機に女の子らしい部活に入ろうと心に決め、右往左往の末、無事吹奏楽部に落ち着くことができた。いまは入学祝いにおばあちゃんに買ってもらったフルートを大切にしながら一生懸命練習に励んでいる。

文化祭の余韻からさめた十一月上旬、冬のはじまりにそれは起きた。

学校で突如ルービックキューブが流行《はや》り出したのだ。

ルービックキューブについて一応説明しておく。ハンガリーの建築学者エルノー・ルービックが考案した立方体パズルで、三×三×三の立方体《キューブ》をある面に平行に回転させて白・青・赤・橙《だいだい》・緑・黄の六面をそろえれば完成だ。回転させるときのぐりぐり感がいい。単純にまわすだけだったり、一面だけそろえるのなら結構なストレス解消にもなる。わたしのお母さんが高校生《一九八〇年代》の頃に大ブームになり、いかに速く六面をそろえるかを競う大会も全国各地で催されたという。まだ携帯電話が普及していない時代の話だ。

発端はわたしが所属する吹奏楽部だった。

二年生の先輩がバザーで売れ残ったルービックキューブを部室に持ってきて、机の上にコロンと転がした。すくない部員たちがわらわらと集まる。

未開の部族が空から落ちてきたコーラ瓶をじっと見つめるような光景だった。勇気ある先輩のひとりが手に取り、ぐりぐりまわしはじめる。一面の色がそろうと、おおっという歓喜が湧き、僕も私もと次々と手が伸びて子どもじみた取り合いがはじまった。

翌日、一個が三個に増えた。なんのことはない。街にある大型書店の片隅でひっそり販売されていたのだ。四半世紀も前に流行ったパズルは、けなげにも自分の居場所を見つけて息づいていたわけだ。

練習の合間を縫って部員たちはぐりぐり、ぐりぐりとキューブをまわしはじめるようになった。どうやら授業の休み時間にも渡し合ってチャレンジしているらしい。みんな研究熱心でフィンガーショートカットとか、レイヤーバイレイヤー方式とか、エフツーエルとか、いったいどこで仕入れたのかそんな専門用語を真剣に交わし合っていた。

一週間後、三個が七個に増えていた。うそ？　しかも合唱部と演劇部のみんなも持ち歩いている。形や大きさやキャラクターの絵柄などいろいろ種類があるようで自慢げに見せ合っていた。もしかしてこういうパズルってクレバーな印象をひとに与えるのかもしれない。色もカラフルだし、見ようによってはおしゃれにも映る。キューブって呼び方、かっこいいじゃん？　まあ確かに学校やバスや電車の中で黙々と携帯電話とにらめっこしているよりは、健康的ですがすがしい気もするが……

さらにその数日後、校舎のあちこちでキューブを見かけるようになり、受験勉強で疲れている三年生たちまでうっとり手にする姿を見て、わたしは目まいを感じた。

噂に聞くと街で大量に安売りしている奇特な店が見つかって、そこに生徒が押しかけたという。ううん、なるほど。吹奏楽部という少数グループで正当に評価されたものが、そうやって狭い校舎の中で急速な普及の道をたどったわけか。わたしはブームが生まれて超短期で定着するまでのプロセスを体感した。廊下や中庭や屋上でぐりぐり、ぐりぐりとカラフルなキューブをまわす光景は、ある意味この現代社会ではなく、ファンタジックな世界に迷い込んだような錯覚におちいらせた。

しかしどんなブームでも衰退の兆しは必ずおとずれる。わたしの学校に置き換えると、発端である吹奏楽部の部員たちが飽きてしまった頃だった。実際一ヵ月もすればみんな飽きはじめ、次の刺激を探していた。

そんなとき真打ちが登場した。ブームのピークと衰退は発端である吹奏楽部が決めるといいたげに、自らスターと名乗りを上げた馬鹿がいたのだ。

ホルン奏者の上条春太だった。

ハルタの紹介をしておこう。六歳まで家が隣同士で、その後離れ離れになり、高校で再会を果たした幼なじみだ。童顔で背が低いことを気にしているが、女のわたしが心から切望したパーツをすべて持って生まれている。さらさらの髪にきめ細かい白い肌、二重まぶたに長い睫毛《まつげ》。中性的な顔立ちのハルタは女子から可愛いといわれると不機嫌になり、無理して硬派な一面を見せようとするが、それがかえって隠れファンを増殖させる結果となっている。

しかし騙《だま》されてはいけない。彼にはとびっきりの秘密がある。その秘密のために不登校になりかけたところを救ったのはわたしだ。

で、ハルタはキューブを、ものの三十秒で六面そろえてしまった。

これにはさすがに目の肥えた吹奏楽部の部員たちも騒然とした。しかしわたしは冷めた目で眺めていた。練習が終わるとまっすぐ家に帰り、こそこそ部屋に閉じこもってなにをやっているかと思えば、これか。夜中の四時過ぎまで部屋の明かりがついていた噂は、このことか。

ハルタは一秒、コンマ秒単位でタイムを縮めていく。噂はあっという間に広まり、合唱部、マジック同行会、ペン画部、生物部、挙げ句の果てには三年生と帰宅部の生徒まで巻き込んで、よせばいいのに、ハルタの思惑通りの勝負が挑まれるようになった。ハルタには腕立て伏せ三十回、バットを額につけてぐるぐるまわる、リコーダーで「G線上のアリア」を吹いてからはじめるなど、さまざまなハンデが与えられた。

スピードキュービストのハルタ。

その異名通り、ハルタは学校の頂点に君臨した。キュービストとは六面完成できるひとの正式な総称で、完成まで三十秒を切る強者《つわもの》にはスピードの冠が与えられる。以来、ときどき音楽室から「駄目だ。こんなもんじゃ世界一になれない」と嘆く声、そしてみんなの励ます声がした。ちなみに公式の世界記録は七・〇八秒。そんなのぜったい無理だ。みんな頼むから真面目に吹奏楽の練習しようよ。

わたしは気に入らない。ハルタが次々と完成させていくキューブを腹立ち紛れに崩した。ハルタはめげずに完成させていく。わたしはそれを崩す。やがてコツを覚え、ものの十秒、二十手くらいで完全に崩せるようになった。それができたとき、みんなから畏怖《いふ》と憧憬《しょうけい》の眼差《まなざ》しを向けられていることに気づいた。

スクランブラーのチカ。

わたしに与えられた異名だ。スクランブルとは六面そろったキューブをぐちゃぐちゃに崩すことで、公式大会ではスクランブラーと呼ばれる立派な専属員がいるらしい。ああ、とうとうわたしまで仲間入りしてしまった。

ぐりぐり、ぐりぐり。

ぐりぐり。

どんなに楽しくても盛り上がっていても、ブームというものはいずれ沈静化する運命にある。砂漠に降ったスコールのようなものだ。わかっていたことだが、校舎で見慣れた光景もじょじょに減っていき、いざ目の当たりにしてみると、六色の宝石が消えていくようでさびしくもあった。

ブームは発端と広がり方が無節操であればあるほど、無慚《むざん》な形骸《けいがい》をさらして見向きもされなくなる。それは最悪の終息だ。わたしのお母さんはいまでもエリのついた不気味なトカゲや、エラにつくしを生やしたような怪奇イモリの写真を遺影のようにアルバムに貼りつけている。しかしわたしの学校のキューブに関しては、自ら盛り上げたハルタの手によって、特別な終息の舞台が用意された。

キューブ人気が下火になったある日——

わたしの学校は中庭から正門につづく通路に木立が並び、木陰のベンチが憩いの場となっている。放課後、部活の練習がはじまる前、ハルタはいつもの指定席に陣取っていた。頭を冷やしたいからという理由だ。

下校途中の生徒がちらちらとハルタに目をやる。ハルタは背を丸め、手袋をはめ、白い息を吐きながら黙々とキューブをまわしていた。これはこれで一部の女子には絵になる光景だが、すこし様子が違う。

ハルタはため息をつき、憂鬱《ゆううつ》な表情を浮かべ、ときに顔を苦痛にゆがめていた。キューブに関心を示さなくなっていた生徒もこれには注目していた。はじめて見るひとなら必ず足をとめるだろう。

ハルタが挑戦しているのは、六面すべて白色のルービックキューブだった。

2

事の経緯を説明するには、ハルタにあの不合理の塊のような難題を突きつけた、ある女子生徒のことを話さなければならない。

わたしとハルタは成島《なるしま》美代子《みよこ》という同級生に目をつけていた。目的は吹奏楽部への勧誘だ。どうしてこんな時期に？　どうして一年生のわたしたちが？　理由はちゃんとある。

わたしたちが所属する吹奏楽部は部員が九名しかいない。最盛期には六十名を超えたこともあったようだが、今年はなんとか廃部の危機を免れたどん底の状態である。これではコンクール出場もままならず、せいぜい活躍の場は野球応援での演奏か、体育祭での君が代か、文化祭でのステージ演奏くらいしかない。そんなの、いやだ。おまけに部員の減少は予算にも響いている。

恨めしいことは今年、吹奏楽の経験者が三十名近く入学していることが発覚したことだ。高校の入学を機にやめてしまう生徒は意外と多い。その場合はふたつに分かれる。スポーツ系のクラブに入るケースか、部活動そのものに興味をなくしてしまうケース。

成島美代子は後者のひとりだった。

オーボエ奏者。わたしがはじめてオーボエを生で聴いたのは、地区の吹奏楽研究発表会での他校の演奏だった。人間の歌声に近い、なんて音のきれいな楽器だと思った。楽器で「歌う」ことができるという表現は、オーボエが一番ぴったりだとハルタはいっていた。オーボエはダブルリードであまり息つぎを必要としない楽器だから、艶《つや》のある伸びやかな音色を奏でることができる。実際オーボエは吹奏楽においては主旋律を奏で、ソロを受け持つことが多い。

ハルタは彼女の入部を切望していた。どうしてもほしい逸材だという。わたしはというと、メンバーにオーボエが加わるのは魅力的だけど、奏者である彼女の性格はあまり好きになれなかった。

「チカちゃん、歩くの遅いよ」

ハルタの急《せ》かす声に我に返り、ふと空をあおぐ。ちょっと風は冷たいけれど、雲ひとつない晴天が広がっていた。

学校の昼休み。わたしとハルタは商店街の外れにある食品雑貨店に向かっていた。わざわざ職員室に届けまで出して外出しているのは、成島さんが食後にジュースを飲みたいといったからだ。しかも国産完熟パイン味でないと喉《のど》を通らないらしい。そんな希少なジュース、商店街の外れにある食品雑貨店でないと買えない。

つまりわたしたちは彼女のパシリにされているわけで、そのわがままな要求には厄介払いというスパイスもほどよく混ざっていた。それでもハルタは嫌な顔ひとつせず引き受けた。わたしには納得いかない。まず一言、

「どうしてわたしまで」

「ぼくひとりでつきまとったら、ただのストーカーだ」

歩きながらハルタがつぶやく。成島さんは隣のクラスだ。なんとか今日、話せる機会をつくったのに、一分ももたずにこんなことになるとは……

「もういっそのこと、ストーカーになっちゃえ」

「ふん」とハルタがいう。「学校中の生徒にどう思われてもかまわないけど、草壁先生に悪く思われるのだけは死んでも嫌だ」

あ、そうですか。みなさーん、こいつは変態《アブノーマル》ですよー。

わたしは気を取り直してたずねた。

「ねえ、彼女って、そんなにすごいの？」

「去年、普門館《ふもんかん》で実際に聴いたことがあるんだ」

「え」

素直に驚いた。普門館。吹奏楽を愛する中高生にとっては憧《あこが》れの聖地で、野球でいうと甲子園の存在に近い。正確には全日本吹奏楽コンクールの中学、高校の部の全国大会が東京都杉並区にある普門館で毎年行われている。マスコミを含めて大勢の観客が来場し、出演者の家族ですらチケット購入が困難なほどの人気ぶりだ。

ハルタも顔を上げ、空を見上げる。

「彼女の中学校は、二十三人という異例の少人数で普門館に出場したんだ。少人数は審査上不利だけど、初出場で銀賞の大金星をあげている」

わたしは黙って息を吸った。……そういうことだったんだ。どうしてそういう大事なことを先にいってくれないの？　ハルタが彼女に執着する理由がわかった気がした。

ハルタは真剣に普門館を目指している。しかしわたしたちの学校の吹奏楽部は、悲しいことに普門館常連校のような規模も設備もスキルもないし、歴史も伝統もない。ないない尽くしで、予選の予選である地区大会どまりでいつも終わっている。

それでもハルタが夢を見るのをやめないのは、わたしたちの入学と共に学校に着任した音楽教師の存在があった。草壁信《しんじ》二郎《ろう》。二十六歳。学生時代に東京国際音楽コンクール指揮部門で二位の受賞歴があり、国際的な指揮者として将来を嘱望されていたひとだ。なのに海外留学から帰国後、それまでの経歴をいっさい捨て、数年間姿を消したあと、この学校の教職についた。理由はわからない。本人も口にしたがらない。ただひとつはっきりしていることは、わたしたち吹奏楽部のやさしい顧問であることだ。そんなすごい経歴を持ちながらも、尊大さやおごりのかけらも持たないし、わたしたちの目線に合わせた言葉で話してくれる。もちろん吹奏楽部の部員はみんな慕っている。そしてわたしはみんなの知らない草壁先生のいいところを、いっぱいいっぱいいっぱいいっぱい知っている。

わたしもハルタも吹奏楽部の部員のみんなも、草壁先生を再び表舞台に立たせてあげたいと密《ひそ》かに思っていた。それは普門館の黒く光るリノリウム張りのステージだ。わたしたちの青春をかけた最高の舞台に、草壁先生に指揮者として立ってもらえたらどんなに素敵で、どんなに誇りに思えるだろう。だからみんな傍《はた》から見れば遊んでいるように見えるけど、物理的にも精神的にも真面目に練習に打ち込んでいる。中学時代に苛烈《かれつ》な女子バレーボール部に所属していたわたしがいうのだから間違いはない。

ここまで話すと失笑するひとがたまに出てくる。映画やドラマで見るような安っぽい絵空事だって。そんなことはみんなわかっている。努力すれば必ず報われるなんて甘いことは、だれひとり考えていない。みんな辛《つら》い現実を知っている。でもどんな弱小吹奏楽部だって、普門館への挑戦権を持っていることを忘れていない。挑戦権を持ちつづけるためにみんな努力を惜しまないのだ。それっていけないことなの?

「……二十三人か」

たったそれだけで普門館にチャレンジして、結果を残した学校がある。わたしは指折り数えた。あと十四人……。ちょっと希望が湧いた。

「少人数ならではの緻密《ちみつ》なアンサンブルで、会場で聴いていて一番印象に残った演奏だったよ」

「へえ」なんだかうれしくなる。

「ああ、でもね、チカちゃんはもっと死ぬ気で部員を集めないと駄目だよ」

「どうして？」

「チカちゃんのミスを誤魔化すなら、できるだけ大勢の音楽力が必要だから。アンサンブルなんてとんでもない。まあ、ひとくくりにできるところが吹奏楽のいいところなんだけどね」

ハルタの背中を蹴《け》りたくなったが我慢した。大方その通りです。もっとフルートを練習しないと。

「成島さん、もし入部してくれたら、わたしたちとうまくやっていけるかな」

気にしていることをつぶやいた。

「さあ。仮にうまくやっていけなくても、オーボエだけでも部室に置いていってもらおう。あれって楽器の中でも値が張るんだ。中古楽器屋に売れば――」

ハルタの背中を蹴った。

「なにすんだよ」

「あんたは盗賊か。そんなことしたら、許さないからね」

「冗談だよ、まったく」

ハルタが制服の上着を脱いで叩《はた》いた。内ポケットから白い用箋《ようせん》がひらひらと舞い落ちる。わたしはそれを拾った。ラブレターならめずらしくないけれど、太い文字で「果たし状」と書いてある。呆《あき》れた。

「まだキューブの挑戦を受けてるの？」

「もちろんだ。スピードキュービストとして当然の責務だ」

「見ていい？」

三通あった。時間と場所、そして勝負前にハルタに与えられるハンデが書かれていた。放送室をジャックする。校長室に一時間籠城《ろうじょう》する。なかなか素敵なハイスクールライフを送れそうな内容だ。最後の一枚には、目でピーナッツを噛《か》む、というどこかの漫画で見たような無茶な要求があった。

「……ああ、難題だな」

ハルタの目が遠くかすんでいた。

国産完熟パイン味のジュースを買って、猛ダッシュで成島さんの教室に着いたのは昼休みが終わる十分前だった。初冬の空の下、汗をかきすぎて全身から塩がふきそうになり、わたしもハルタもはあはあと息が切れていた。

　引き戸から教室をのぞき込む。男子も女子もそれぞれのテリトリーで輪をつくってお喋《しゃべ》りに興じていた。ありきたりな昼休みの光景。だけど成島さんだけ、その枠組みの外にいた。

　わたしたちは席を縫って歩き、成島さんに近づいた。ひとり窓際の机に突っ伏していた。眠っているわけではなく、ただじっと息を潜めているだけなのがありありとわかる。だれかに話しかけられるのを全身で拒否している姿にもとれた。

　わたしたちの気配に気づき、成島さんがむくっと半身を起こした。数年に一度しか髪を切らないような野暮ったいロングヘアが特徴的だ。眼鏡をかけた顔が完全に隠れてしまう。

「はい」

　とハルタがジュースを彼女の机に置いた。ハルタの笑顔にはひとを引き込むような温かさがある。これで反応を示さない女子生徒はまずいまい。できれば目の前で一気飲みしてほしいくらいだ。

　しかし成島さんはわたしたちふたりを等分に眺め、やがて「ああ」というような顔を見せると、ジュースを鞄《かばん》の中に入れた。そしてまた机に突っ伏した。一瞬浮かべた「わけがわからない」という表情がわたしをむっとさせた。

一歩前に出ようとするわたしを、ハルタが片手で制した。

「ごめん。きみの平穏で静かな学校生活を邪魔しようとしているぼくたちが悪いんだよね？　気分を害するのも当然だ。商店街を往復したことだって、ぼくたちが勝手にしたことできみにはなんの責任もない」

成島さんが反応した。わずかに顔を上げる。どうやらわたしたちが本気でジュースを買いに行くとは思っていなかったようで、罪悪感のかけらくらいは持っていたようだった。

それをハルタは丁重に払っている。

「足りないお金を立て替えたチカちゃんも、すこしも根に持っていない」

余計なことを。わたしはハルタを肘《ひじ》でつつく。成島さんは財布をのろのろと取り出すと、

「いくらだったんですか？」と不機嫌に訊《き》いてきた。

「いくらだった？」

ハルタはなんとか引きずり出した会話の糸を、切れないようわたしに投げ渡してくる。

「とても、とても高い買いものだったわ。なんていったって国産完熟パイン味だもん」

パスを受け取った。

「あやうく国産完熟キウイ味を買いそうになったからね」とハルタ。

「わたしキウイ大好き」

「知ってる？　キウイってマタタビ科のマタタビ属なんだよ」

「へえ。うちの猫も食べるかな」

「で、いくらなんですか？」戯言《ざれごと》がまったく通じない成島さん。

「お金なんてどうでもいいの」わたしは息を吐いていった。「ごめん。わたしも謝る。成島さんに吹奏楽部に入ってもらいたかったら、もっと堂々とはっきりいえばいいんだもんね。こんなことで恩に着せるつもりなんてないの」

成島さんは長い髪の間からじっと見つめていた。財布から二百円を出すと、将棋をさすようにぺちっと机の上に置き、一言「うざい」とつぶやいて、また机に突っ伏した。

ゲームオーバーを告げる予鈴がスピーカーから響いた。隣のクラスの生徒がわらわらと戻ってくる。わたしもハルタも邪魔だから廊下に出て、ふたりで一緒にため息をつく。

「明日があるさ。明日が駄目なら、明後日も」めげないハルタ。

「えー」とわたしは嫌そうに返した。

すごすごと隣の教室に戻ろうとしたとき、ハルタがついてこないことに気づいた。廊下でだれかを待っている様子だった。

「……将を射んと欲すれば先《ま》ず馬を射よ、か」

なにやらぶつぶついって首をまわしている。廊下の奥から賑《にぎ》やかに向かってくる女子生徒の集団があった。成島さんのクラスメイトだった。三つ編みの似合うひとりがハルタに目をとめる。

「西川真由《まゆ》さんだね？」

「はいっ」

フルネームで呼ばれた彼女は、ぴょこんと跳ねるように立ちどまった。

「きみの挑戦を受けよう」

ハルタが制服の内ポケットから取り出したのは、あの果たし状だった。

いてててててててて。

放課後、わたしに目と鼻にピーナッツを押し込まれ、床でのたうちまわるハルタを尻目《しりめ》に西川さんが先にキューブを六面完成させた。

「やった、やった、私がチャンピオン」

西川さんは両手を上げて喜んでいた。音楽室ではハルタの奇行を見物しようと吹奏楽部の部員が勢ぞろいし、みんな西川さんに拍手している。

「やるじゃないか」

ハルタが起き上がって西川さんの肩に手を置く。涙目が本当に絵になる男だ。

「噂どおり面白いんですね、上条くんって」西川さんはにこにこしていった。「でも、タイトルは返上ですよ」

非情な言葉だ。しかしハルタは動じなかった。六面完成したキューブを西川さんからひょいと取り上げると、わたしに投げ渡した。わたしは十秒もかけずに崩してハルタに投げ返す。吹奏楽部のみんなが再び拍手した。

ハルタは受け取ったキューブをすこしの間眺め、その目を鋭くさせると、高速にまわした。次々と色がそろっていくが、流れがいつもと違う。サイコロの模様ができるまで三十秒もかからなかった。

「はい。記念に」

ハルタはサイコロ模様のキューブを茫然《ぼうぜん》とたたずむ西川さんに渡した。西川さんは受け取ったまま、パイプ椅子にすとんと腰を落とした。敗北を認めた表情だった。

ハルタもパイプ椅子を引っ張ってきて彼女の前に座る。そして気さくな声で、

「成島さんと友だちだったんだよね？」

だった？　わたしは西川さんを見つめた。西川さんはやや反応が遅れて、こくりとうなずくと、

「……どうして？」

「四月にきみと成島さんが、よく一緒に帰っているところを見かけたから」

つまりハルタは入学してすぐ成島さんをマークしていたわけだ。ハルタはつづけた。

「成島さんは地方から引っ越してきたんだから、当然クラスに中学からの友だちはいない。出席番号順でいくと、きみと成島さんは前後の席になる。きみから話しかけたんだろうね。

よくある最初のきっかけだ」

西川さんの様子に変化があった。膝《ひざ》の上にのせた拳《こぶし》をかたくしている。わたしは気づいた。昼休みに教室でひとり机に突っ伏している成島さんと、廊下で笑い声を立てて他の友だちと一緒にいる西川さんの間には、もう違う世界がある。

「きっと成島さんと一緒にいて、息苦しかったんだろうなあ」

わたしは啞然《あぜん》とハルタを見やった。ハルタは涼しい顔を西川さんに向けている。西川さんはなにかをいいかけ、後ろめたさに負けてしまったように、その口を弱々しく閉じた。

「きみが気にすることはないんだよ」ハルタは欧米人が見せるしぐさで肩をすくめる。「だってそれは、オーボエ奏者の宿命なんだから」

「え」

わたしも、え？　と反応した。吹奏楽部のみんなも、え？　という顔だ。

「きみも最初は仲がよかったんだから、彼女が中学時代にオーボエを吹いていたことは知っているだろう？　オーボエっていうのは決して脇役になれない楽器で、ソロとして腕が立たないとバンドの中でうまくやっていくのが難しいんだ。奏者の個性でいくらでも音色が変わるし、とても繊細な楽器だから、鬱憤《うっぷん》もたまりやすい。だから長くつづけていると息苦しい性格になる」

珍説だ。ぜったいにうそだ。西川さんも疑わしげな目を向けている。

「本当なんですか？」

「もちろんだ」ハルタは大真面目な顔でいった。「でもね、それは成島さんが一生懸命打ち込んできた証《あかし》なんだ。ここにいるぼくたちはそんな成島さんと友だちになりたいと思っている。仲間として迎え入れたいと願っている。……彼女は全国大会に出場できるほどの奏者なんだ。しかもプロ志向はない。吹奏楽部向きなんだよ」

沈黙があった。

「でも、ミヨちゃんは――」

西川さんはいいかけ、また口をつぐんだ。身体を強張《こわば》らせてじっとうつむく。

「成島さんがオーボエをやめちゃった理由を、きみは知っているんだね？」

ハルタが声を落としてたずねる。西川さんは黙っていた。空気に重さがあった。話すにはギャラリーが多すぎる。察した部員のみんなはぞろぞろと音楽室から出て行った。みんなやさしい。ハルタがぺこりと頭を下げている。わたしも音楽室から出ようとすると、ハルタが指をちょいちょいと曲げた。いてもいいの？　目でいうと、当然だという目を返される。そうか。わたしはもう片足を突っ込んでいるんだ。

音楽室にはわたしとハルタと西川さんだけが残された。それでも西川さんは頑《かたく》なに口を閉ざしていた。自制心が働いている。軽々と口外するわけにはいかない。だとしたら西川さん、あなたはまだ成島さんの友だちよ。

ハルタは静かな目の色で西川さんを見つめていた。時間が過ぎていく。やがて、いった。

「ぼくは去年、全国大会の会場で彼女の演奏を聴いている。すべてのプログラムが終わったあと、会場で悲鳴が聞こえた。表彰式に彼女の姿はなかった。そのことと関係あるのかい？」

西川さんははっとする顔をあげた。わたしも大きく息を吸い、ハルタを凝視する。

長い吐息が届いてきた。そして、つぶやきのようにもれる西川さんの声を聞いた。

「ミヨちゃんの弟が、その日に死んじゃったんです」

3

小児脳腫瘍《のうしゅよう》。成島さんの弟は六歳のとき、突然の嘔吐《おうと》で病院に運ばれてそう診断された。それから四人家族で支えあう長い闘病生活がつづき、回復の兆しを見せたものの、十三歳でこの世を去った。一年遅れの中学入学が決まった矢先だという。

成島さんも両親も、だれひとり弟の容態の急変を予見できず、その日は普門館の会場にいて死に目にあえなかった。不幸な偶然かもしれない。しかし成島さんは不幸な偶然で折り合いをつけられるほど器用な性格ではなかった。弟を放って応援に駆けつけたと両親を恨み、そんな状況をつくり出してしまった自分をいまも責めつづけている。

はっきりいって十六歳のわたしの器には重すぎる内容だ。ハルタも同様で、西川さんの話を黙ってまぶたを閉じて聞くだけだった。当事者じゃないとわからない辛《つら》さや苦しみ。ほんのすこしかかわっただけの他人のわたしたちでは、どうすることもできない。せいぜい国産完熟パイン味のジュースを買うのが関の山だ。

でもね。

なんていっていいのか、わからないけど――

ああっ、もう。


週末がきた。日曜日の午後。

西川さんは住宅街の案内板の前でぽつんと立っていた。三つ編みの髪をおろし、白いタートルネックのセーターにスリムのジーンズをはいている。手には百貨店の紙袋をさげていた。

待ち合わせの場所だった。わたしが到着すると、西川さんはぴょんぴょん跳ねて手をふってくれた。

「ハルタは?」

「あそこに」西川さんが指さす。

ハルタは遠く離れたバス停のそばで、一生懸命、靴の裏を地面に擦《なす》りつけていた。

「……犬のウンチ、踏んじゃったんだって」

わたしは口に手をあてて「おーい、近寄るな」と声をあげ、「じゃ、行こうか」と西川さんと肩を並べて歩き出した。

建て売り住宅が隣接する一角だった。どれも同じ形で無個性に映る。住み手の顔が見えない状況で大量につくられたのだからしようがない。そこに命を吹きこむのが家族の仕事だと、建築会社に勤めるわたしのお父さんがいっていたことを思い出した。

わたしたち三人は成島さんの家に向かっていた。

西川さんがさげている紙袋には、成島さんから借りっ放しだったCDと漫画が入っている。お詫《わ》びに手づくりのお菓子をたくさんつけて、わたしとハルタも一緒に訪問するきっかけをつくってくれた。わたしとハルタは昨日、西川さんの家で必死にマドレーヌづくりを手伝った。先週の昼休みの出来事の反省を込めてである。

成島さんの家は住宅街の外れにあった。建て売り住宅のひとつで、一見して中古とわかる外観だった。ものさびしい雰囲気がした。見上げると二階の小さなベランダに風景画を張ったキャンバスがいくつも立てかけられていた。色に深みのある上手な絵だった。どうして外に出しているんだろう？

「いい匂いがするね」いつの間にかハルタが後ろに立っていた。「ビーフシチューの匂いだ」

「電話したとき、成島さんのおばさん、はりきっていましたから」西川さんがぽつりという。

「え、うそ」わたしは驚いた。「夕御飯がでるの?」

時間はまだ三時前だ。

「西川さん、何度もお呼ばれされたことがあるのかい?」急にひそひそ声になるハルタ。

「それは、もう」

「ふうん。成島さん本人はともかく、両親はいつも歓迎してくれたわけだ」

「……はい」申し訳なさそうに西川さんはつぶやく。「とくにいつも約束していたわけじゃなかったんですけど、その……また遊びにきてください、というおじさんとおばさんの声があまりにも……」

「切実に聞こえたわけだ」

西川さんはうつむき、こくりとうなずく。

わたしもさすがに気後れしたが、

「行こ」

元気よくいうと、西川さんもにこっと笑い、先に進んでインターホンを鳴らした。中でどたどたと足音が響き、扉がゆっくりと開く。あらわれたのは成島さんのおじさんだった。歳は五十を越えたくらいで、髪は薄くないけれど白いものが交じっている。長い間ためてきた気疲れみたいなものが、やや土気色をした顔にうっすら残されている気がした。

「こんにちは。お久しぶりです」西川さんが背筋を伸ばした。

「ようこそいらっしゃいました」成島さんのおじさんが歓迎してくれる。そして緊張して立つわたしに目をとめ、お互い口を開こうとしたとき、ハルタが一歩前に出た。

「美代子さんの同級生の上条と申します。隣にいるのは友人の穂村で、同じ吹奏楽部に所属しています。今日は西川さんに無理をいって、一緒にお邪魔させていただきました」

やられた。わたしはハルタを押しのけ、

「穂村です。ご迷惑をかけないよう気をつけますので、お邪魔させていただきますっ」

成島さんのおじさんはやわらかい笑みを浮かべた。笑うと、目尻《めじり》にいっぱい皺《しわ》ができるひとだった。わたしの中でやさしそうなイメージがかたまった。

「よく、いらっしゃいました」

成島さんのおじさんは、わたしたちが恐縮してしまうくらいに三人分のスリッパを丁重にそろえてくれる。案内されたのは木目調の広いリビングキッチンだった。

「あの。ミヨちゃんは?」

「……美代子ですか」成島さんのおじさんはばつが悪そうにこたえる。「もうすぐ家内と一緒に戻ってきますので」

ハルタにちょんちょんと肩を指でつつかれた。ハルタがキッチンの方向に顔を向ける。

ビーフシチューの鍋《なべ》。コンロの火が消え、慌てて追いかけていったようにエプロンと布巾《ふきん》が床に投げ捨てられていた。

「逃げたみたいだね」

ハルタが聞こえないようにささやく。見てはいけないものを、見てしまった気がした。

成島さんのおじさんがコーヒーを淹《い》れてくれた。四人でソファに座ってコーヒーをすすりながら待つ。はじめて嗅《か》ぐ家の匂い。なんとなく落ち着かない。最初に西川さんが口を開いた。学校のこと。この間の文化祭のこと。ぽつぽつと会話の流れがはじまり、ようやくみんなの舌が動くようになった。成島さんのおじさんはわたしたち三人にそれぞれ話題をふってくれた。父親として娘の友人をすこしでも退屈させないよう、必要以上に気を遣っているのがわかった。

いくら待っても成島さんは戻ってこない。

成島さんのおじさんは痛々しいほどに話題をひねり出そうとしていたが、気まずさや沈黙を繕おうにも限界があった。

わたしとハルタは顔を見合わせた。西川さんと成島さんのおじさんが、疲れ果てたゴールランナーのようにうなだれていたからだった。とくに西川さんの落ち込み度合いが激しい。

「今日のこと、ミヨちゃんには黙っていました」

やっぱり。わたしとハルタは同じ表情を浮かべた。西川さんは目をかたくつぶると、震える声で、

「……びっくり企画。なんちゃって」

洒落《しゃれ》にならない。

「いや、美代子にきちんと伝えられなかった我々が悪いんだ」

慌てて成島さんのおじさんがフォローするが、西川さんは暗い表情のまま首を横にふった。

「私が、いままで悪かったんです。薄情者だったんです。私の友情は生ハムより薄かったんです」

「きみが謝る必要なんてないんだよ」成島さんのおじさんは穏やかにいい、わたしたちに対しても、「せっかくきていただいたのに本当に申し訳ない」と深々と頭を下げた。

わたしとハルタは水に濡《ぬ》れた犬みたいに首をぶるぶるとふり、

「いえいえいえいえ」

とふたりで畏縮《いしゅく》した。これからどうしようかと思った矢先、玄関の方向から物音がした。みんなふり向く。まるでホラー映画のそれのようにリビングの扉がギィィと静かに開いた。あらわれたのはサダコじゃなくて、成島さんだった。なんだか怖い。

西川さんがソファから身を乗り出し、「あの」と声をあげると、

「こんにちは」

彼女は無表情にそれだけいって撥《は》ねつけた。扉のそばから一歩も離れようとしない。遅れて成島さんのおばさんがやってくる。小柄なおばさんはおじさんよりひとまわりくらい歳が若そうで、その顔は疲弊しきっていた。それでもわたしたちに笑顔を忘れず、エプロンを締めてキッチンにそそくさと向かう。

「御飯、いますぐつくって」

成島さんはおばさんの背中に命令口調でいい、わたしとハルタならともかくおじさんに蔑《さげす》む目を向けた。

「ミヨちゃん――」

西川さんがいい、成島さんは急に吐き気がしたとでもいうように踵《きびす》を返すと、ひとり階段をたったたと駆け上がって行った。

帰ろうか。ぽつりとつぶやくハルタのすねを、わたしは蹴《け》った。

帰ればよかった……のかもしれない。なんとか場をもたせようとみんな頑張ったけれど、成島さんは相づちこそすれ、最後まで自分から一言も口を開いてくれなかった。それはそれで仕方がないけれど、娘と友人の両方に気を遣う成島さんの両親の姿や、泣き出したいけれど泣くわけにはいかず、必死に笑顔を絶やさない西川さんの姿を見て、やり切れない気持ちが湧いた。

「ごちそうさま」

成島さんがなんのためらいもなく椅子を引いて立ち上がる姿に、一同はっとする目を注いだ。再び時を動かしたのは、成島さんのため息まじりの声だった。

「お茶くらい、私の部屋で飲んでいったら？」

「え」と西川さん。

「私の部屋で飲んでいったら？」彼女はくり返す。

西川さんは首をこくこくとふり、成島さんのおばさんがすぐにコーヒーを淹れる準備をはじめた。おじさんはほっとしたように肩をおろしている。

「ぼくたちもいいのかい？」

ビーフシチューを三杯食べたハルタだった。苦しそうにお腹を抱えている。成島さんのおばさんを唯一喜ばせた男の中の男だ。

「いいわよ、別に」

成島さんがコーヒーカップをのせた盆を持ち、わたしたちは二階の部屋に向かうことにした。

「……ごめんね。迷惑だよね、こんなの」

階段をのぼりながら、西川さんが弱々しい声でいう。

「普通に迷惑」

成島さんはその言葉で切り捨て、部屋に入ると、

「飲んだら、帰ってよね」

盆を小さなガラステーブルの上に乱暴に置いた。コーヒーが飛び散る。うなだれて座る西川さんを見て、わたしはさすがにむっとした。

「知らないの？　ハルタは喫茶店で魔夜峰央《まやみねお》の『パタリロ！』を八十三巻読破するために五時間かけて飲んだことがあるのよ。変な踊りだって踊れるんだから」

「五分で飲んで」

わたしは首をまわし、

「五分だって、ハルタ」

と声をかけた。

ハルタは壁ぎわにある木製キャビネットを静かに眺めていた。女の子の部屋を物色する男なんて最低だけど、ハルタにはそういった変ないやらしさがない。ひとりだけ落ち着いたその姿に、わたしもようやくまわりを冷静に見まわす余裕ができた。

ハルタがさっきから興味深く観察しているのはガラス張りのキャビネットだった。玩具《おもちゃ》のようなものがぎっしり詰まっている。複雑な形の知恵の輪や、学校で見慣れたルービックキューブもある。壁には額装された絵も飾られていた。

「なにこれ……」わたしは近づいて口にした。

「ちょっとした博物館だね。得した気分だ」ハルタが顔をほころばせる。

「なにが？」

「みんなパズルなんだよ。古典的名作もそろっている」ハルタは順に指さしていった。「地球追い出しパズル、五匹目のブタを探せ、マスターマインド、ハノイの塔、15パズル、箱入り娘、タングラム。そして壁にある絵は、どれも逆さ絵だ」

「ふうん」

と関心を示したのは成島さんだった。まんざらでもない。そんな雰囲気が伝わってきた。わたしも西川さんもきょとんとする。ハルタがふり向き、成島さんにいった。

「きみが集めたものとは思えないけど」

「どうして？」

ハルタはガラス戸の向こうにある四冊の本を指さした。『パズルの王様』という題名の本だった。

「パズル愛好家のバイブルだ。作者のデュードニーは、九歳のときに才能が開花したイギリスが生んだ最大のパズリストなんだよ。これだけ机の本棚と別に保管されているところを見ると、きみが普段ページをめくっているとは思えない」

ほら、とつづいてハルタは壁にある絵のひとつを指さした。よく見ると、小学生が描いたような拙《つたな》い絵だった。NARUSHIMA・SATOSHIとローマ字でサインが書かれている。

「全部、きみの弟が遺《のこ》したものだ」

成島さんが黙って息を吸う気配があった。わたしたちが気を遣ってふれなかった部分に、ハルタはふれた。

「……だから？」成島さんの声が一段低くなる。

「素晴らしいんだよ」

「は？」

「同世代ですでに天才少年として名を馳《は》せていたデュードニーに、きみの弟は憧《あこが》れていたかもしれないんだ。才能ってのはね、時空を超えて感化されながら引き継がれていくものなんだ。ほら、きみの弟が自作したものには全部サインが書かれている。遊びたい盛りの年頃に、これほどパズルに傾倒できたのは賞賛に値するよ。いくら重い病気だからといっても、まわりにはテレビゲームや漫画の誘惑だってあるのに」

「……なんなの、あんた？」

成島さんの声が凄《すご》みを帯びた。そばで西川さんがおろおろしている。わたしもハルタの袖《そで》を引いた。しかしハルタはひょうひょうとしてまったく動じない。

「ここにあるのは、きみの弟が遺した智慧《ちえ》の結晶ということなんだよ。きみの弟が生きてきた貰い証《あかし》だ。パズルは飾りものじゃない。きみはちゃんと弟の遺志を汲《く》んで、遊んで、解いてあげられたのかい？」

一瞬、成島さんが怯《ひる》む顔を浮かべた。

ハルタはその顔色を読んで、つづけた。

「だろうね。それに、いまのきみには無理だ。普通に無理」

さっきの西川さんの仕返しだ。成島さんが気色ばむのがわかった。

「理由をいおうか。それは、きみが解決できない問題をひとりで抱え込んでいるからだ。きみの両親は一年間で失ったものを、残されたきみのために一生懸命取り戻そうとしている。西川さんもお節介焼きかもしれないけれど、きみときみの家族のことを本当に心配している。苦しんでいるのはきみひとりじゃない」

わたしは息を呑《の》んで見つめる。

成島さんが喉《のど》をぐっと鳴らした。くすぶっていた炎が一気に燃え上がる激情を垣間見《かいまみ》せ、

「……あんたたちになにができるっていうのよ？」

と呻《うめ》くようにいった。

「質問を返すよ。きみはなにをしてほしいの？」

成島さんが口をつぐむ。

「あのさ。高校生のぼくたちにできることなんて限られているんだよ。そうだな、この部

屋にあるパズルくらいなら解くのを手伝えると思うな。きみの手に負えないものがあれば、ぼくたち三人が駆けつけて一緒に悩んであげるよ。すくなくともこの部屋のパズルで苦しむのは、きみひとりじゃない。それがぼくたちにできる確かな約束だよ」

　重い沈黙ができた。

「出てって」成島さんが吐き捨てた。

ハルタはだれにともなく頭を深く下げ、「ごめん」と謝ると、うぷっとお腹をおさえてひとり部屋から出て行った。

「上条くんっ」西川さんが身を乗り出して声をあげる。

わたしは慌てて廊下に出て、ハルタの背中を見つめた。一飯のお礼にしてはかなりの仕打ちだったけれど、なぜか怒る気になれなかった。ハルタは最後まで、成島さんの大切な弟の遺品にむやみに手を伸ばす真似はしなかった。

結局、わたしも西川さんもハルタと一緒に帰ることになった。

成島さんの両親が門の外まで送り出してくれた。申し訳ございませんでした。本当はいい子なんです。また遊びにきてやってください。くり返しくり返し、ふたりで絞り出す切実な声が胸を衝《つ》いた。バス停まで送るというおじさんの申し出を丁重に辞して、成島家をあとにした。

暗い住宅街をバス停に向かって歩いた。

「わたし、成島さんの全国大会のオーボエ、聴いたことがあるんです」西川さんがつぶやく。

「きみも会場にいたの？」

ハルタが驚いてたずねると、西川さんは首を横にふった。

「録音されたテープで聴いたんです。成島さんのおじさんとおばさん、弟の聡《さとし》くんに頼まれたんですって。その日はふたりとも病院にいなくてもいい。会場でお姉さんの舞台を見守ってほしい。そして録音してくれなきゃ一生恨むって。それでチケットを一生懸命とって……」

「そうだったの」わたしは目を落とした。

「だれも悪くないよ」ハルタがいった。「たまたま不幸な偶然が重なっただけだ。だから、だれも悪くない」

「でも」とわたしがいいかけたときだった。

背後から追いかけてくる足音がした。三人で同時にふり向く。走ってくる人影は、やがて見覚えのある輪郭に変わって立ちどまった。長い髪を乱してはあはあと息を切らしている。

成島さんだった。

「ミヨちゃん……」西川さんが両手を口にあてる。

成島さんはハルタの前に立った。手に持っていたものを、ぐいとハルタの胸のあたりに突き出して、

「聡が私に遺したパズルで、これだけがどうしても解けないの」

不躾《ぶしつけ》にそういった。

ハルタは受け取ったそれを食い入るように眺めていた。暗がりの中でルービックキューブがかすかに見えた。なんだ。簡単じゃない。ハルタ、十五秒で完成してぎゃふんといわせてやりなさいよ。

「……これってスクランブルは？」ハルタの目つきが険しくなった。

「したって、聡はいってた」成島さんは投げやりにいう。

「完成形は？」

「聡は教えてくれなかったわ」

ふたりの不自然な間合いの中で、わたしと西川さんはようやく事態のおかしさに気づいた。成島さんはそんなわたしたちも交互に見て、挑戦的で、かすかな蔑《さげす》みを含んだ声でいった。

「あなたたちで解いてごらんなさいよ」

「待って。いつまでに？」ハルタが焦ったように訊《き》き返す。

「金曜日の放課後まで。それくらいがキリがいいでしょ？」

深く考える間が空いた。――ねえ。どうしたの？　ハルタ。

「やってみるよ」

苦しげにこたえるハルタを見て、成島さんは満足そうに鼻を鳴らした。西川さんの制止をふり切り、きた道を戻って行った。

「ちょっと、ハルタ。それってキューブでしょ？　どうしてこの場で完成してあげなかったの？」

ハルタが無言で街灯の近くまで歩いた。手にしたキューブが明かりにさらされると、わたしも西川さんも「うそ」と声をあげた。

六面すべてが白色だった。

成島家の解決できない問題が、理不尽なパズルという形でわたしたちに手渡された瞬間だった。

4

一日目。月曜日。ハルタの挑戦。

五時限目の終了を告げるチャイムが鳴ると、教室でほっとしたようなどよめきが湧き、ショートホームルームと手を抜いた掃除がばたばたと終わり、みんなの待ちわびた放課後がはじまる。

教室で数人の男子に囲まれてハルタは真っ白なキューブをぐりぐりとまわしていた。論理的思考では決して解けないキューブに果敢に挑んでいる。

「それ、どうやったら完成になるんだよ」

男子のひとりが冷やかしている。放課後になってだいぶ揶揄《やゆ》する響きは薄れているが、今日一日似たような言葉がずっとくり返されていた。

「でもさあ……なんで手袋なんかしてるの？」

また男子の声。これもくり返された質問だった。この方が滑りがいいからだと、ハルタのこたえる声がした。本当のこたえは、大切な形見を、手の脂や汗で汚したくないからだ。

わたしは腕時計を見た。そろそろ部活がはじまる時間だった。ハルタは放っておけばいつまでもぐりぐりとまわしていそうなので、引っ張ってでも連れて行こうかと考えたときだった。

「穂村さん、穂村さん」

廊下から呼ぶ声がしてふり向くと、窓で西川さんが手招きしていた。わたしは机の間を縫って近づく。

「どうですか。首尾は」

「ハルタでも難しいみたい。でもまだ一日目だしね」

「わたし、授業中にずっと考えていたことがあるんです」

西川さんが教室に入りたそうだったので、ハルタの机まで案内することにした。

「……上条くん、白って実は六種類あるんじゃないの？」

西川さんの声にハルタのキューブをまわす手がとまる。ハルタを囲んでいた男子たちの目が向いた。違うクラスの女子がいきなり入ってきたので緊張したようだ。

「白、ちょっと薄い灰色、微妙に薄い灰色みたいな」

まじかよ？　と男子たちがどよめき、一斉にキューブに目を凝らそうとする。

「白は白だよ」ハルタがいった。「白は他の色がすこしでも混じると白でなくなる。文具店に行って、絵の具やカラーペンの売り場を見ればわかるよ」

それでも西川さんはめげなかった。「じゃあ、きっと音だと思います。まわす方向で、ぐりぐり、ごきごき、ばきばきと……」

まじかよ？　と男子たちがどよめき、一斉にキューブに耳を澄まそうとする。こいつらみんな、どこかの劇団にでも入れそうだ。

ハルタが金庫のダイヤルをまわすように一列ずつ回転させていく。わたしも沈黙して顔を近づけた。音は……変わらない。普通のキューブだ。

「ごめんなさい」西川さんがしょぼんとする。

「気にしなくていいよ。アイデアはみんなでどんどん出していこう」ハルタが手袋を脱いで部活に行く準備をはじめた。

「上条、明日もやるのか？」男子のひとりがたずねる。

「そうだね。しばらくトライするけど。応援してくれるかい？」

ハルタが意味ありげにこたえると、男子たちは顔を見合わせた。

「面白そうだな」


二日目。火曜日。わたしの挑戦。

「今度は穂村かよっ」

朝のショートホームルームがはじまる前、自分の席で真っ白なキューブをぐりぐりまわしていると、例の男子たちの声がした。

ハルタとわたしと西川さんで順番にチャレンジしていくことに決めたのだ。ハルタばかりに任せてはいられない。で、今日はわたしの番。「ねえねえチカ、それなあに？」と昨日まで興味があっても、男子の壁に阻まれて近づけなかったクラスの女子たちが集まってきた。わたしもハルタに倣って手袋をしていた。同じこたえを返していく。みんなが見守る中、地道に慎重にまわした。ハルタでは気づかなかったことを、繊細な女の子であるわたしなら気づくかもしれない。

わたしは密《ひそ》かにため息をついた。頼みの綱の草壁先生が、昨日から出張でいないのだ。今週いっぱい戻ってこないという。ハルタでも困難な問題にぶつかったとき、わたしは草壁先生に相談することが多かった。今回は安直に頼るわけにはいかないけれど、一週間会えないのはやっぱりさびしい。

放課後、卵を守る親鳥のように、キューブを抱えて机に突っ伏していたわたしの耳に「大発見です」と明るい声が届いた。

ぼんやりとかすんだ目を上げると、教室に西川さんが立っていた。

「美術部のひとから聞いてきたんです。油絵の世界なら白にもいろいろ種類があるんですって。シルバーホワイト、ジンクホワイト、チタニウムホワイト、パーマネントホワイト」

「顔料の違いか」

ハルタの声にふり向く。隣の机で頬杖《ほおづえ》をついて座っていた。

「上条くん、どう？」

「着眼点はいいと思うよ。成島さんの両親のどちらかは、趣味で油絵をやっているからね。油絵の具は成島家にひと通りそろっている」

わたしはきょとんとした。「どうしてわかるの？」

「成島さんの家をたずねたとき、ベランダに絵が干してあったじゃないか」

思い出した。綺麗《きれい》で上手な絵だった。

「油絵は水彩画と違って、乾燥させなきゃ駄目なんだ」

「じゃあ――」と西川さんの声に期待が籠《こ》もる。

「正解。この白いキューブには油絵の具が使われているんだよ。ほら、普通ブロックには保護用の透明シールが貼られているけど、この白いキューブにはそれがない。油絵の具は乾性油を使うから、表面に油膜ができてコーティング代わりになる。水彩絵の具やマジックペンと違って色の食いつきもいい。つまり合理的だからそうしているんだ」

「やった、やった」西川さんはうれしそうに小躍りしている。

ハルタが難しい顔をしていた。「仮にあるブロックがパーマネントホワイトだとしても、それはあくまで顔料の違いであって色の違いじゃない」

「いいじゃない、顔料の違いで」

わたしは嚙《か》みついた。いいながら顔料ってなによ？　とふと頭をよぎったが考えないことにした。あとで辞書をひけばいい。

「顔料の違いをどうやって見分けるの？　高価な分析器にかけるとでも？」

わたしは口をつぐんだ。ごめんなさい、馬鹿で。

「……明日は、私が頑張ります」

西川さんがすっかり落ち込んだ声でいい、机からキューブを取り上げようとすると、ハルタがその手を制した。

「チカちゃん。どんな些細《ささい》なことでもいいから気づいたことはなかったの？」

見つめてくる。わたしを信頼してくれている目のような気がした。自信はないけれど、ずっと気になっていたことがあった。いおうかどうか迷った。

「あのさ、聡くんのサインがないよね、これ」

ハルタも西川さんも、次の反応までふた呼吸ぶんくらいあった。

「――サイン？」


三日目。水曜日。西川さんの挑戦。

西川さんは休み時間のたびに校舎を徘徊《はいかい》して、真っ白なキューブをまわす場所を探していた。教室には成島さんがいるからだ。やがてキューブを抱えて涙目で走る一年の女子の噂は、放課後になると校舎中に広まっていた。

わたしとハルタが西川さんを見つけたとき、彼女は体育館のステージ裏で両膝《りょうひざ》をついて放心していた。彼女のまわりには、ばらばらに砕け散ったキューブがあった。

「ちょっと、どうしたの？」

慌てて駆け寄り、西川さんの肩を揺する。西川さんはまだ呆《ほう》けていた。

「穂村さん……」

「まさか、だれかにキューブを壊されたの？」

ハルタが屈《かが》んでブロックのひとつをつまみ上げていた。「ふうん、やっちゃったね」とつぶやく。

「……分解したんです」西川さんがぽつりといった。

「え？」

「聡くんのサインを見つけようと思って」

「え、え？」

さっきからハルタは無言でブロックのひとつひとつを観察している。西川さんは泣き出しそうになるのをこらえるように、口元をおさえた。

「ミヨちゃん、私たちにぜったいに解けない無理難題を押しつけているのかなって……。私、そんなに嫌われちゃったのかなって……。そう考えたら、もうとめられなくなっちゃって」

「見たところサインはないね」

ハルタが顔を上げていった。西川さんはうなずく。

「……考えてみればミヨちゃん、聡くんの大切な形見を、私たちに簡単に預けるわけないもん」

わたしは唖然《あぜん》とし、全身の力が抜けそうになった。「じゃあこれ、成島さんがつくったただの嫌がらせなの?」

西川さんはうつむいたまま黙っている。重い沈黙が三人を包んだ。

「成島さん、そんなに器用なひとかな」

ハルタがつぶやいてブロックを組み立てはじめる。わたしも西川さんもはっと気づき、ばらばらに散らばったブロックを両手で集めた。

三人の手で再び元通りになったキューブをしばらく見つめた。ブロックそのものにはなんの仕掛けもなかった。

「あと二日しかないです」西川さんがこぼす。

「あと二日もあるじゃない」わたしは強がりをいった。

「なんとかするよ」ハルタがため息をついていった。

四日目。木曜日。再びハルタの挑戦。

——場面は冒頭に戻る。

放課後、ハルタは中庭から正門につづく通路のベンチに座っていた。手袋をはめ、白い息を吐きながら黙々と白いキューブをまわしている。ときどき下校途中の生徒が「頑張れよ」と声をかけてくれる。「まだやってるのか」と呆《あき》れる声もあった。その度にハルタは力なく笑み返し、そもそも完成形があるのかさえわからない白いキューブにうつろな目を戻す。

わたしと西川さんは離れて見守っていた。

みんなで頑張ったけれど、今日までなんとかならなかった。一歩でも前進できるようなアイデアも浮かばず、もうどうすることもできなくて、結局ハルタひとりに押しつける形になってしまった。

期限は明日だ。

ハルタが表情をゆがめた。あんな辛《つら》そうな顔をするのを、はじめて見た。西川さんもだいぶ無口になっている。これ以上ふたりが苦しむ姿を見たくなかった。成島さんにはわたしから謝っておこう、わたしひとりなら、どんなに冷たくされたってかまわない——そう心に決めたときだった。

背後から近づくひとの気配があった。

「ふうん。噂は本当のようだね」

ゆったりとした口調の声が響いた。え？　まさか……。ふり向くとダークグレーのスーツに身を包んだ先生が鞄《かばん》をさげて立っていた。黒縁眼鏡の位置を直してハルタを眺めている。

「出張が早く終わったんでね、帰ってきたよ」

「先生……」見上げるわたしの目頭が熱くなった。

「ただいま」

草壁先生が救いの神のように思えた。

わたしたち三人は学校の屋上で、茜色《あかねいろ》がかってきた陽を浴びてコンクリートブロックに並んで腰かけていた。ハルタはさっきから緊張してかたくなっている。校舎に通じる鉄製の扉が開き、草壁先生がやってきた。

「待たせて悪かった」

草壁先生は抱えていた温かい缶コーヒーを手渡してくれた。「ありがとうございます」とわたしも西川さんもプルトップを引き、甘いコーヒーをすする。ハルタは惚《ほう》けたように草壁先生を見つめ、耳の先まで赤くしていた。恋する少年の目だ。飲まずにいそいそと学生服のポケットに入れている。家に帰ってから大切に飲む気だ。いや、ずっと大切に保管しておくつもりかもしれない。見たくない光景を見てしまった。

草壁先生は鉄柵《てつさく》にもたれて真っ白なキューブを観察していた。なるほど、とひとり言をつぶやくと、

「これは禅問答の世界だね」

「ゼン……？」西川さんが缶から唇を離して訊《き》き返す。

「禅僧が悟りを開くために行う問答のことだよ。公案とも呼ばれているんだ。ひらたくい

えば、なぞなぞやとんちなんだけれど、それがとんだ食わせものでね。論理的な思考や知識では決して解けない難問奇問ぞろいになっているんだ」

わたしたち三人は顔を見合わせる。

「こたえのでない難問奇問にぶつかったときは、それまでの経験や論理や知識がいかに無力でむなしいものかを知る。きみたちも短い間だけど経験できただろう？　その現実に向き合うことが、禅問答のあり方なんだよ」草壁先生は手にしたキューブをかかげて見せる。「ルービックキューブのルールを知っているひとなら、これが論理的思考で解けないことは明らかだからね」

「……あの。こたえがないんですか？　先生」

西川さんが不安げに口を開くと、草壁先生は静かに首を横にふった。

「ひとによっては何年も悩みつづけるかもしれないけれど、それでも考えつづければ、いつかは論理の壁を破ってこたえが出る。それが悟りというものなんだ。つまりこの白いキューブのこたえは、きみたち自身でこれからつくりあげていくものなんだよ」

わたしたちでつくりあげる……

そのとき、苦しそうに「先生」と声をあげたのはハルタだった。ハルタは草壁先生と話すときは敬語になる。「先生は問答とおっしゃいました。つまり問題をつくり出したひとが、こたえを認めなければ成立しないということです。でも、そのキューブの考案者はもうこの世にいないのです」

「そういうことなんだね」草壁先生がまぶたを閉じる。すこし考える時間が空いた。「もしこのキューブの考案者が禅問答の考え方に倣って、相手が完成したときにはもう自分がこの世にいないと悟っていたのなら——その完成形が正しいという証明を、相手のためにどこかに残しているかもしれない」

「そのキューブの中にですか？」ハルタが身を乗り出した。

「きみたちが正しいこたえにたどり着ければ、自然とそれが姿をあらわすようにできているんじゃないのかな。その証明を見つけるまでの過程が、このパズルの本質だと思うよ」

わたしは息を深く吸った。草壁先生のいいたいことを全部理解できたわけではなかったけれど、ほんのすこし展望が開けた気がした。こたえのない難題にぶつかったときは、自らこたえをつくり出す努力をすればいい。この四日間は無駄じゃなかった。一歩を踏み出すための四日間だったのかもしれない……

屋上に風が吹き、草壁先生がなにかに気づいた様子で首をまわした。西川さんの視線も、校舎をつなぐ鉄扉にかたまっていた。

「……ミヨちゃん」

成島さんが長い髪をなびかせてそこに立っていた。草壁先生の存在に戸惑い、驚いた顔を一瞬見せたが、それでもかまわないというしぐさで扉を強く閉めると、こっちに向かって歩き出してきた。

立ちどまった成島さんの目がちらと草壁先生を向く。ふたりの間になにかあるようだった。すぐ逸《そ》らすと、
白いキューブを一瞥《いちべつ》して吐き捨てた。

「それ、学校中で噂になっているけど」

「みんな、応援してくれているんだよ」

ハルタが穏やかにいうと、成島さんは苦いものを嚙《か》んだように口元をゆがめた。

「で、みんなが応援してくれて完成しそうなの?」

いわれてハルタが口を閉ざし、わたしも西川さんも黙ってうつむく。

「やめたら?」金属のように冷たい声で成島さんがいった。

「え」わたしは驚く。

「もう、やめたら?」成島さんはくり返した。「無理よ。できっこない。それはぜったいに解けないキューブなの。聡が私に遺《のこ》した罰なの」

「罰だって?」ハルタが呆れていった。「解けないパズルはパズルじゃない。デュードニーを敬愛する人間が、そんな理不尽なものを遺すとは思えないな」

成島さんがきっとした目でハルタを見る。

「あんた、そういえば私の部屋でいったよね。遊びたい盛りの年頃に、どうして聡がパズ

ルに熱中できたのかって。あの子ね、学校でいじめられていたの。頭の病気だから、頭が悪いって、ひどいいじめに遭っていたのよ。あの子の自尊心と心の支えがパズル遊びだったの。あの子がつくったパズルに挑戦するのが、私の日課だった。それが、ずっとつづいていた」

「……きみが中学で吹奏楽部に入部するまで？」ハルタがいった。

「そうよ。あの子、きっと私に見捨てられたと思ったに違いないわ。だって、しようがないじゃない」成島さんは苦しそうにつづけた。「楽しかったんだから。私だって聡みたいに、なにかに打ち込んだり、熱中できるものがほしかったのよ」

わたしも西川さんも言葉を失った。

成島さんは草壁先生が持つキューブに目をとめた。長い間、思うことがあったような目で見つめていた。

「聡は私を困らせたいの。新しい友だちができて、部活が忙しくなって、毎日遊んであげられなくなった私を許してくれないの。だから、そんな理不尽なものを遺したの。あんたたちまで苦しむ必要なんてないのよ」

胸の奥から吐き出す声でいい、草壁先生に近づくと、

「先生、返してください」

「駄目だ」ハルタが声をあげてさえぎった。「草壁先生、彼女に渡さないでください」

「なによ、あんた」

「あと一日ある」

「無理よ。ぜったい無理」

「無理なもんか」

成島さんが凄《すご》みのきいた目でハルタを睨《にら》みつける。「そんなに私を吹奏楽部に入部させたいわけ？」

「それとこれとは別だ」

気圧《けお》されずにハルタがいうと、成島さんは顔をきつく強張《こわば》らせ、踵《きびす》を返した。そのまま屋上から去ってしまうのかと思った。けれど違った。力なく足をとめた彼女は、後ろ姿のまま消え入るような声でだれにともなくいった。

「……吹奏楽部に入らない理由は、他にもあるの」

思いがけない言葉にハルタが「え」と反応する。

「私にリード（オーボエを吹く部分）をつくってくれるひとが、もういなくなっちゃったの。去年まで親戚《しんせき》にいたんだけど、そのひとが海外に転勤しちゃったの」

「僕が紹介しようか」

草壁先生がはじめて口を開いた。成島さんが首をまわす。

「昔の楽団の友人にオーボエ奏者がいるんだ。隣町に住んでいるから、きみさえ良ければ彼を紹介してあげるよ」

成島さんは怯《ひる》み、再び踵を返すと、今度はもう足をとめなかった。鉄扉をばたんと閉める音が屋上に響いた。

西川さんが立ち上がり、草壁先生のほうを向いた。

「ミヨちゃんのこと知っているんですか、先生」

「ああ……」草壁先生は照れたような悪戯《いたずら》っぽい笑みを浮かべた。「実はね、彼女に目をつけたのは上条くんより僕のほうが先なんだ」

わたしもハルタもぽかんと見上げた。

「僕のときはていよく断られたけど、きみたちにはチャンスをくれたようだね」

草壁先生はキューブをハルタに手渡した。両手で受け取ったハルタにわたしも西川さんも近づき、三人で真っ白なキューブと向き合った。

「はあ。明日までに完成できるかな」

わたしの中にまだ弱気な部分があった。

「穂村さんも、ぎりぎりまで悩んでごらん」

「あの。もしかして先生は、こたえがわかっているんですか?」

西川さんが顔を上げてたずねる。

「ひとつ思いついたことならあるよ。でもいいのかい? 僕がこたえてしまっても」

ハルタがすぐ首を横にふった。わたしも同じ気持ちだ。

草壁先生は鉄柵《てっさく》に手を添えた。遠くに目を向ける先生は、なにかを思い出しているようだった。左手に深い傷跡があった。夕陽が目を射り、わたしたちはまばたきをくり返す。

「きみたちがこれから経験する世界は美しい。しかし同時にさまざまな問題に直面するし、不条理にも満ちている。僕は成島さんが無理に吹奏楽の世界に戻らなくてもいいと思っている。だがもし、立ちどまった場所から一歩を踏み出すきっかけをだれかがつくってくれるなら、それは大人になってしまった僕じゃなくて、同世代で同じ目の高さのきみたちの役目であってほしいんだ」

5

いよいよ期限の金曜日の放課後がおとずれた。

わたしとハルタと西川さん、それに成島さんを加えた四人は、校舎の一階にある空き教室に集まった。机は両端に押しやられ、数脚の椅子が真ん中にあるだけのがらんとした教室だった。隣の実験室から薬品臭い空気が漂ってくる。

どこからかピアノの音が流れてきた。わたしも西川さんも緊張して立つ。

「早くはじめなさいよ」

椅子に座る成島さんが苛立《いらだ》つ声で急《せ》かした。対峙《たいじ》するハルタは教卓に寄りかかり、真っ白なキューブを手にしたまま一言も口を開かない。その目はひどい寝不足のようで充血していた。

教室の引き戸が開いた。

「遅れてすまない。僕も見学させてもらおうか」

入ってきたのは草壁先生だった。先生は教室の隅に椅子を運ぶと、そこでわたしたちを見守る形で腰をおろした。

「それじゃあ、はじめるよ」

ハルタがようやく動き出した。

「まず前提にしたいのは、いまぼくが持っているキューブが完成形じゃないということだ。六面すべてが白色でスクランブルされた状態。ここからスタートだ」

成島さんがうなずくのを確認して、ハルタは手にしたキューブを一回ぐりっとまわした。

「さっきとの違いがわかるかい？　白、白、白、白……。違いなんてどこにもない。このキューブ、どんな方向にいくらまわしても、最初のスクランブルの状態から脱出できない」

わたしと西川さんは固唾《かたず》を呑《の》む。成島さんはそんなことはわかっているといいたげに、ハルタを冷めた目で見すえていた。

「ぼくはずっと不思議に思っていたんだ。きみの弟は、このキューブの完成形がどんな形なのかを提示していない。そもそも提示する必要なんてなかったんだよ。いくらまわしても変わらないんだから。つまりきみの弟が求めていることは、この最初のスクランブルの状態から一歩でも前進することだ。それができたとき、はじめてこのキューブの謎が解ける」

成島さんが目をそらし、

「……できるわけないじゃない」

と呪詛《じゅそ》でも吐くようにつぶやいた。

「その通り。このキューブは論理的思考では決して解けない矛盾や不合理さを含んでいる。それでもきみの弟はパズルとして遺《のこ》した。小児脳腫瘍《のうしゅよう》と診断されたきみの弟は、成長するにつれて世の中の理不尽さに気づいたんだと思う。それでも希望を失うことはなかった。解決不能な難題にぶつかったとき、どうすれば心が救われるのかを知っていたんだよ」

ハルタは真っ白なキューブをかかげて見せた。

「それは論理の壁を破った悟りの世界だ。それをこのキューブできみに伝えようとした。でもね、一言で論理の壁を破るといっても大変なことなんだ。偉いお坊さんでも下手すれば何年、何十年とかかってしまう。そのためにきみの貴重な青春時代を奪う権利はだれにもない。吹奏楽に打ち込んでいた当時のきみを知る弟も、それを望んでいなかった。だからこのキューブには、きみのために時間をかけずに解ける工夫がされている」

黙って聞くわたしの手のひらに汗がにじんだ。本当にあれをやるんだろうか……。これから起こることを知っている西川さんも、そわそわと落ち着かない様子でいる。

ハルタは教卓の下に隠してあったスポーツバッグを持ってくると、成島さんの前にある椅子に座った。悠々と足を組み、かたい表情を崩さない成島さんと向き合った。

「話をいったん変えるよ。『ゴルディオスの結び目』というアレクサンドロス三世が残した紀元前の伝説があるんだ。小アジアの古代国家にゴルディオスという貧しい農民出の王様がいて、彼は神殿に自分の牛車《ぎっしゃ》を祀《まつ》って、複雑に絡み合った縄で牛車を結ったんだ。この結び目を解いたものがアジアの支配者になれるという伝説を残してね。それから諸国の実力者や知恵者があらゆる手を使って必死に縄を解こうとしたけれど、長い間どうしても解くことができなかった」

それまで沈黙を守っていた草壁先生がかすかに表情を変えた気がした。ハルタはつづける。

「……時を経て、ゴルディオスの結び目を解く者があらわれる。それがアレクサンドロス三世だ。どうしたと思う？　なんと彼は多くの兵士の前で、腰の剣を使って結び目を切断してしまったんだよ」

成島さんの目が大きく開き、ハルタは語調を強めた。

「解決不能な難題を、非常手段で解決する。それがきみの弟が遺したメッセージだ。たぶんきみの弟は自分の命が長くないことを悟っていた。残されたきみがどんなに落ち込んで悲しむのかも想像していた。弟はきみのオーボエの才能を信じていた。だから自分の身になにが起きても、立ちどまってはいけない、前に進まなければならない、という思いをこの白いキューブに込めた」

ハルタは床に置いたスポーツバッグのジッパーを引いた。出てきたのはパレットと、六つの油絵の具と、六本の筆だった。

成島さんがはっとした。

「――ふたりとも、頼むよ」

ハルタの合図でわたしは成島さんの右腕に、西川さんは成島さんの左腕にしがみついた。

「な、なによ」成島さんが狼狽《ろうばい》する。

「ごめんね、ミヨちゃん」しがみつく西川さんが謝る。

成島さんはふり払おうとするが、ふたりで体重をかけているから身動きがとれない。

「三分で終わる。それまでふたりとも頑張って」

ハルタがパレットに白・青・赤・橙《だいだい》・緑・黄の油絵の具をのせ、乾性油を垂らしていく。

それを見た成島さんの顔から血の気が失《う》せた。これからなにが起こるのかを理解した表情だった。

「──やめてっ」

成島さんの叫び声を無視して、ハルタはまるで精密機械のように筆を操った。それぞれのブロックに色を薄く塗り広げていく。作業が速い。一面が終わると筆を捨てて、次の色にとりかかった。

「いやっ、いやっ、お願いっ、離してっ」

耳を塞《ふさ》ぎたくなるほどの悲鳴が教室に響いた。わたしと西川さんはハルタを信じ、成島さんの両腕にしがみつく。成島さんが暴れる。女の子とは思えない力だった。当然だ。弟が遺した大切な形見が、他人の手で姿を変えようとしているのだから。

ハルタが筆を捨てた。集中している目。もう四面に入っている。

「ああ」

成島さんの身体から力が抜けていくのがわかった。必死にしがみつく西川さんは辛《つら》そうな顔をしている。──ねえ、ハルタ。これで本当によかったの？

「完成だ」

ハルタがいい、成島さんは床に両膝《りょうひざ》をついた。ハルタの手で六色に塗られたキューブを茫然《ぼうぜん》と眺めている。

「……どうして？」

呻《うめ》くような声だった。

「どうだい、すっきりしただろう?」

すっきりしているのはハルタひとりだけだった。成島さんは首を横にふった。納得いかない。引きつった顔がその感情を表現していた。わたしも素直に受け入れられない。西川さんも唇を噛《か》み、やり切れない思いを抱えている。一度もとめに入らなかった草壁先生を見た。痛ましそうに目を細めるだけで、椅子から動こうとしない。

「きみも、きみの家族もじゅうぶんに苦しんだ。もういいじゃないか」

ハルタが静かな声でいった。

「……あんたにいわれたくない」

成島さんの声からは、いっさいの感情が失われていた。

「ぼくだってこんな押しつけがましいことはいいたくない。でも、ぼくがいわなきゃ、きみのまわりでだれがいってくれるんだい?」

「……うるさい」

「家族の問題はきみが折り合いをつければ解決するんだ。どんなに辛くても苦しくても、きみが我慢するときなんだよ。でなければみんな不幸になる。きみの弟もそんなことは望んでいない」

「……できるわけ、ないじゃない」

「これからもずっと不幸を盾にして生活していくつもりかい?」

「……聡が死んで、まだ一年しか経ってないのよ」

「もう一年だ」ハルタが厳しい声でいった。「大人になってから過ごす一年と、ぼくたちのいまの一年は違うんだ」

次の瞬間、成島さんはハルタに飛びかかって激しい平手打ちをした。小柄なハルタが吹っ飛ぶほどの勢いだった。成島さんは今度は逆手にふりかぶり、ハルタがぎゅっと目をつぶる。頬を打つ甲高い音が響いた。ハルタはパンチドランカーのボクサーみたいにふらふらしている。それでもキューブを離さない。また頬を打つ音が響く。

これほど壮絶な往復ビンタは見たことなかった。

わたしも西川さんも成島さんの背中に飛びつき、草壁先生が椅子から立ち上がろうとする。

「きちゃ駄目だっ」

ハルタが声を荒らげた。その目をじっと六色に塗ったキューブに注ぎ、なにかを待っている様子だった。

「あっ」

その声は西川さんだった。成島さんの背中にしがみつきながら、ハルタが持つキューブを凝視している。成島さんの息を呑《の》む気配が伝わった。わたしも声を失った。まるで魔法を見ているようだった。

キューブのブロックに亀裂《きれつ》が入り、花びらが落ちていくように色が剝《は》がれ落ちている。色が亀裂して剝離したブロックは九箇所あった。

ハルタが爪を立てると、麻布でできた下地は綺麗《きれい》にめくれた。その下に文字が書かれている。

「きみの弟の祝福の言葉だ」

ハルタが器用に回転させて九箇所のブロックを一面にそろえていく。出来上がった一面を成島さんに向けて見せた。

成島さんはキューブを奪い取った。唇を動かしてその文字を読んでいく。みるみるうちに目に涙の粒が膨らんだ。頰を伝い、尾を引いて静かに落ちていく。それから長いあいだ積み上げてきた堤防が決壊するように膝《ひざ》を崩して泣いた。

わたしも西川さんも黙ったまま、その姿を見つめた。

「……成島さん、だいじょうぶかな」

「西川さんがついているからだいじょうぶだよ」

わたしとハルタは草壁先生と一緒に音楽室に向かっていた。スポーツバッグを抱えるハルタの両頰には、痛々しいもみじの痕《あと》がくっきり残されている。

「ジンクホワイトだよ」

ハルタがいった。

「ジンクホワイトの上に油性塗料で重ね塗りをすると、剝離《はくり》を起こすんだ」

わたしは思い出した。油絵の具の「白」は顔料の違いで数種類ある。ジンクホワイトはそのうちのひとつだ。

「あのキューブはさ、草壁先生のいう通り禅問答の世界なんだ。たぶん成島さんの弟は、ある日を境に死を意識するようになったんだと思う。死はいつの世でも解決不能な難題なんだ。デュードニーを敬愛し、パズルを愛した成島さんの弟は、そんな難題に屈するわけにはいかなかった。それで考え出したのが、あの特別な白いキューブなんだよ」

草壁先生が先をうながす。

「あのキューブの解き方は成島さんの弟の中にひとつしかなかった。自分が死んでいなくなったあとでも、そのこたえを証明してあげる仕掛けをつくっておかなければならなかった。だからまず九箇所のブロックに文字を書いて、その上に麻布を貼ってジンクホワイトで塗りかためたんだ。その九箇所以外は、同じように麻布を貼って、シルバーホワイトかチタニウムホワイトかパーマネントホワイトのどれでもかまわない。そうやって見た目は六面すべてが均一の白色で、同じ触感のキューブが出来上がる」

「そうだったんだ」

わたしは感心しながら草壁先生をちらりと見た。まぶたを閉じてハルタの言葉にうなずいている。どうしようもなく嫉妬《しっと》してしまった。

「西川さんとチカちゃんのヒントのおかげだよ」

「え？」

「ジンクホワイトは西川さんから、サインの存在はきみから教えてもらった」

そういえばわたしは、あのキューブに成島さんの弟のサインがないことに気づいたけれど……

「あのキューブでサインを書ける場所は白色の下以外に考えられない。どうやったらあの白を剝がせるのかを、考えるきっかけになったんだよ。だからきみのおかげ」

なんだか照れてしまう。ありがとう。心の中でハルタにお礼をいった。

「ねえ。サインはどこにあったの？」

「ちっちゃいローマ字でちゃんとあったよ」

「あのさ」わたしはいじわるな質問をした。「もしハルタが水性絵の具を使っていたらどうなったの？」

「色が弾《はじ》いて塗れないよ」ハルタがこたえる。「それにあれは成島家で完結するパズルなんだ」

そうか。わたしは成島さんの家のベランダに干してあった油絵のキャンバスを思い出した。おじさんの趣味なのかおばさんの趣味なのか、また今度行ったときに訊《き》いてみよう。

「……さて」もったいぶったように口を開いたのは草壁先生だった。「上条くん。そろそろもうひとつの種明かしをしてもいいんじゃないかな?」

「なにがですか?」ハルタが激しく動揺する。

「油絵の具が剝離するためには乾燥が必要なんだ。普通は一昼夜程度かかって、数分で終わることはない。どんなに速い乾燥剤を使っても一時間はかかる」

「あっ」とわたしは気づく。

「穂村さん。上条くんはね、あの空き教室の時間を早めたんだ」

「そんなこと、できるんですか?」

「上条くんが徹夜で試行錯誤した方法だよ。成島さんや、一緒に苦労してきたきみたちのために、そうする必要があったんだ」

「あの」ハルタが恐る恐る顔を上げていう。「もしかして先生は気づかれているのですか?」

「大まかにね。たとえば穂村さんも西川さんも、今日のある時間以降はキューブにさわっていないこととか」

そうだ。お昼休みを過ぎてから、わたしも西川さんもあのキューブをハルタに預けたままだった。

「ねえ、ねえ。どういうことなの、ハルタ?」

しつこく聞くとハルタが観念してつぶやいた。

「事前に白色で上塗りしていたんだよ。六面全部」

わたしは呆気《あっけ》にとられた。

「上条くんは剥離を起こすタイミングを知っていたんだ。いくら正解を提示しても、成島さんを一時間以上待たせるわけにはいかないし、その間に往復ビンタを喰《く》らったり罵《ののし》られるわけにはいかないからね」

「すみません」とハルタが眠そうに欠伸《あくび》を噛《か》み殺している。

「おかげで最も効果的な演出で正解を提示することができた。あの教室での上条くんの演説も、五日間の穂村さんや西川さんの苦労も、成島さんの心にきちんと伝わったと思うよ」

わたしはこのふたりにただただ驚くしかなかった。でもやっぱり、ハルタには負けたくない。

校舎の渡り廊下にさしかかる。向かいの新校舎の四階に音楽室が見えた。みんなが待っている。

「成島さん、これからどうするのかな」わたしはぽつりといった。

「彼女が決めることだよ」ハルタがこたえる。

いまとなっては成島さんに吹奏楽部に入ってほしかった。彼女にはいろいろと教えてもらいたいことがある。わたしが彼女に返せるものは……これから探していこう。

「あのキューブってやっぱり、自分の手で六色塗ることが正解だったの？」

「成島さんの弟が証明してくれたじゃないか」

「そうだ。なんて書き残してあったの？　わたし見ていなかったんだ」

「九個のブロックに一文字ずつ。単純な祝福の言葉だよ」

吸い込まれるような冬の空を見上げて、ハルタは教えてくれた。

正解だよ　お姉ちゃん

その九文字が、彼女に春の訪れを呼び起こすものになると信じた。

退出ゲーム

「きれいはきたない。きたないはきれい」

演劇部の部長が僕に貸してくれた戯曲の中で妙に心に残ったものがいくつかある。シェークスピアの悲劇「マクベス」で、三人の魔女が声をそろえて語るこの台詞《せりふ》もそのひとつだ。

深く考えようとする僕に、演劇部の部長は「魔女の価値観は俺たちと違うんだ」の一言で切り捨てた。価値観なんて高尚な言葉、あの部長にはとても似合わないけれど、彼の反応は僕の中でひとつの真理を示してくれた気がした。

嫌な出来事、つらい思い出、悩んでもこたえがでそうもないとき、僕は都合よく切り捨てて生きてきた。切り捨てることなんて簡単にできるの？　そう疑うひとはきっと弱者のことを知らないし、接したこともないだろう。

ヘイハイズ。

戸籍のない子供。日本人が聞いたらびっくりする。僕の育った村にはよく鼻の高い白人の夫婦が訪れた。ときにはゲイのカップルも訪れる。彼らは値踏みするように僕や仲間を眺め、ひとりまたひとりと手をつないで村から去っていった。ひどい話？　ぜんぜん違う。

白人はアジア系のひとたちと違って障害をもった僕の仲間も差別しなかった。みんな分け隔てなく幸せそうに「両親」と一緒に「故郷」に帰っていく光景を見た。

僕も足が悪くて歩くのが大変だったけれど、「両親」が迎えにきてくれて一緒に「故郷」のアメリカに帰ることができた。僕はたまたまあの村で迷子になっただけなんだ。「両親」は五年かけて僕を捜してくれたんだ。そんな空想と想像の世界が僕を支えた。だからあのころの記憶なんて必要ない。あの頃の名前なんて知る必要もない。

それからの生活はどこを切り取っても幸せに包まれていた気がする。パパとママは僕を祝福し、家族の温《ぬく》もりを与えてくれた。足も根気よく治療してくれて、いまでは日常生活に支障はなくなっている。そしてもうひとつ僕に大きな喜びを与えてくれた。アメリカに帰って間もない頃、僕はあるメロディをよく口ずさんでいた。パパは驚き、それが僕にサックスを教えてくれるきっかけになった。パパは元プロのサックス奏者で、息子とセッションをするのが夢だったと熱っぽく語ってくれた。もちろん息子の僕は努力した。ずいぶんあとから知ったことだけど、僕が口ずさんでいたメロディはケニーGの楽曲で、実は僕の生まれた場所ではそればかり流れていたのだ。そのことはパパには黙っていた。あの頃の記憶なんて必要ない。あの頃の名前なんて知る必要もない。

アメリカに住んで四年目、パパの仕事の都合で急遽《きゆうきよ》日本に移住することが決まった。日本の学校は小学校を卒業するまではインターナショナルスクール、中学からは普通学校に通うことにした。イジメや偏見や仲間外れは心配したほどではなく、吹奏楽部に居場所を見つけた僕は、友だちにも恵まれて満足に値する学校生活を送ることができた。

そうして志望高校の入学が決まり、新生活を待ちわびていたある日の晩の出来事だった。僕はテレビ番組を観た。その番組は僕と同じ境遇のひとが自分に兄弟がいることを成人になって知って、その兄弟を捜しに行くというドキュメンタリーだった。ルーツやアイデンティティーを考えさせる内容が延々と放映されていたが、僕にはまったく理解できなかった。ルーツやアイデンティティーを血という物差しでしか測れない？　なんて自分勝手なひとなんだと心の底から憤慨した。

しかし一緒に観ていたパパとママはとても悲しそうな顔をしていた。翌日、意を決したように僕に一通の手紙を渡してくれた。半年前の消印の手紙……

あのときの血の気が引く感覚、いまでも忘れない。

その手紙は僕の弟と名乗る人物からだった。

弟？　これは切り捨てたほうがいい現実なのか？　頭の中で警報ベルが鳴った。手紙を読まずに破こうとするとパパとママにとめられ、読んでほしいと懇願された。

手紙は英語で書かれていた。

弟はいま、中国の蘇州《そしゅう》にいるという。

一緒に住んでいる「本当の両親」の話、不自由のない暮らしの話、通っている学校の様子、サックスを習っていること、そして血のつながった僕に切実に会いたいという内容が書かれていた。「本当の故郷」を一度見にきてほしいとも。

僕は動揺した。弟……？

僕は手紙に何度も目を走らせた。弟は「本当の両親」に内緒で手紙を送っている。それはいったいなぜなんだ？

パパとママは僕に小さなジュラルミンケースも渡してくれた。長年使い古したようにあちこち傷んだケースには、ダイヤル錠で鍵《かぎ》がかけられていた。

四桁《けた》の暗証番号は九〇八九。

中から出てきたのは子供服と壊れた玩具《おもちゃ》だった。僕があの村にいた頃の唯一の持ち物だったという。どれも中国語っぽい文字が書かれている。

足元が揺らいだ。気持ちの悪い汗もにじんでくる。違う。僕はいった。自分であげた語勢の激しさに、自分で戸惑う。

それから何度か弟と名乗る人物から手紙が送られてきたが、僕は読まずに破り捨てた。部屋の隅にあるサックスケースには埃《ほこり》がたまっていった。「本当の両親」と一緒に暮らす弟も習っていると思うと耐えられなかった。

あの頃の記憶なんて必要ない。あの頃の名前なんて知る必要もない……

僕を支えてきたものが……崩れて……

ひとりで考える時間が増えた。

やりたいことのいっぱいあった高校の新生活は、なにをしたらいいのかわからない膨大な時間に変わった。僕のまわりから友だちは離れた。ただひとり僕から離れない友だちがいた。高校になってクラスが替わってしまったけれど、彼だけは僕にいろいろとお節介を焼いてくれる。

廃部になっていた演劇部を復活させた彼は「幽霊部員でもいいから」と、帰宅部でずることがなかった僕を半ば強引に入部させた。彼は僕が演劇部にいるべきではないことも、演劇になんの興味も持っていないことも知っている。それなのに入部させたのは、自分の目が届くところに僕を置きたかったからだろう。

そんなたったひとりの大切な友だちを失う前にこたえを出したかった。

僕が踏み出すべき一歩はどこにあるんだろう？

なにを選んで、どこへ向かえばいいんだろう？

僕の「両親」は？　そして「故郷」は？

こたえを出せないまま二月になり——

僕は、僕をめぐる演劇部と吹奏楽部の奇妙な争いに巻き込まれる羽目になった。

1

わたしの名前は穂村千夏。高校一年の恋多き乙女だ。ごめんなさい。嘘です。片想いまっしぐらなんです。でもかまってほしいの。かまってガールと呼んでほしい。

わたしはいま、フルートのケースを肩にかけて半べそになりながら商店街のアーケードをとぼとぼと歩いている。週三回、吹奏楽部の練習が終わってからフルート教室に通うことになったのだ。地味な練習を飽きずに妥協せずにをモットーに、今日もフルートの先生にとことん駄目出しされた。よってわたしはへこんでいる。

わたしが所属する吹奏楽部は十名。少人数でも他校の大所帯の吹奏楽部に負けないぞ、という意気込みだけではどうにもならないことがある。パート練習がそのひとつだ。部員不足は悩みのタネで、先輩たちはずっとそれで苦しんできた。

その状況がわたしたちの代から変わった。少人数なのは変わらないけど、指導者が交代したのだ。草壁信二郎先生。二十六歳。学生時代に東京国際音楽コンクール指揮部門で二位の受賞歴があり、国際的な指揮者として将来を嘱望されていたひとだ。そんなすごい経歴を捨ててまで普通高校の教職についた理由はわからない。ただひとつはっきりしていることは、わたしたち吹奏楽部のやさしい顧問であることだ。

草壁先生は昔かかわっていた楽団員からの人望が厚く、そのコネクションを活《い》かして校外へ積極的に出て、さまざまな団体や学校とジョイントしながら演奏できる機会をつくってくれた。

そうして平日は基礎練習、土曜日は合同練習というサイクルができあがった。日曜日は基本的にオフだけど、自主的に学校にきて練習している部員は多い。指導者ひとりでこうも変わるのかと教頭先生が感嘆したほどだ。でもね、それはすこし違う。わたしたちはまだ変わっている途中なのだ。草壁先生のような指導者の注意をよく聞いて、いわれたことはきちんと実践できるほどのレベルに成長しなければならない。

普門館常連校との合同練習会に参加する機会があると、とくにそれを感じてしまう。部員数、各パートの息の合った演奏、間の取り方、吹奏楽としての全体力、そしてアンサンブル……どれをとっても差が歴然として、帰り道はいつも口数が減ってしまう。

そんな中、去年の暮れから成島さんという全国レベルのオーボエ奏者がわたしたち吹奏楽部に加わった。彼女は中学時代に二十三人の編成で普門館に出場し、銀賞の大金星をあげた実力を持っている。

彼女の入部はわたしたちを勇気づけ、待望のオーボエを編成に加えた本番形式の合奏をやろうという話になった。楽曲は草壁先生が少人数用にアレンジしてスコアをつくってくれた。

張り切るみんなを尻目《しりめ》に、わたしひとりだけ複雑な気分になった。高校からフルートをはじめたばかりのわたしは、みんなの足を引っ張るのではないのかと不安になったのだ。いまさらと思われるかもしれないけれど、わたしひとりのせいで成島さんをがっかりさせたくなかった。

そこで集中的な個人レッスンを草壁先生にお願いしようとした。我ながらいいアイデアだと思った。草壁先生は海外から留学の誘いを受けるほどの指揮者だったこともあって、楽器の知識やその奏法は相当詳しい。リズム感や音感も、成島さんがしきりにうなずくほどずば抜けている。わたしが抱えている問題点なんてすぐ克服できるに違いない！……白状します。下心がちょっぴりありました。放課後の校舎でふたりきり。草壁先生のピアノ伴奏。必死にフルートでついていく健気《けなげ》なわたし。バレンタインデーの伏線にもなるんじゃない？　頑張ってきたご褒美にそれくらいいいでしょ？

そんなわたしのささやかな希望は、幼なじみでホルン奏者の上条春太に全力で阻止された。

「穂村さんに必要なのは、草壁先生の個人レッスンじゃないと思います」

まずこれが一言め。

「環境と指導者を替えて、もう一度基礎をかためたほうがいいと思います」

これが二言め。音楽室で黙って聞いていた草壁先生は携帯電話を取り出した。忘れていた。先生には強大なネットワークがあるのだ。フルート教室を経営する知り合いに一ヵ月の限定で、一万円の破格の授業料で話をつけてくれた。しかもその一万円も部費で負担してくれるという。……文句をいえない。そしてハルタは先生から通話中の携帯電話を受け取り、唾《つば》を飛ばす勢いで、

「ぼくたちは本気で普門館を目指すので、厳しいレッスンでお願いします！」

これが三言め。携帯電話を静かに切ったハルタは満足そうに白い歯を見せた。抜け駆けはよくないよ。ハルタの目がいっていた。

もちろん草壁先生が音楽室を出て行ったあと、わたしはハルタの背中を蹴《け》った。

ふう。

今日も厳しいレッスンが終わり、わたしにはフルートじゃなくてビール瓶でも吹いていたほうが似合うんじゃないかと自虐的な気分に浸りながら帰路につく。

土曜日の五時半ともなると商店街のアーケード通りは買い物帰りの家族連れであふれ、デート帰りの中高校生カップルともたくさんすれ違う。ちょっとだけ自分が寂しく感じた。ドーナツ喫茶店「ハチカフェ」から揚げたてドーナツとシナモンのいい匂いがした。わたしは寂しさを忘れて店内をのぞく。今月はもうお小遣いが底をついていることを思い出し、まわれ右した。お腹空《す》いたな、晩御飯なんだろな、と心の中でつぶやき、やがてそれがリズムに乗って唄《うた》になる頃、冷たい風が待ち受けるアーケードの外に出た。

　児童公園を抜けて、市民会館の建物が見えたところでふと足をとめる。演劇部の部員たちがいたからだった。市民会館の玄関とトラックの間を行ったりきたりしている。自分の身体より大きなベニヤ板や照明機材を器用に担ぐ様は、働きアリが一生懸命エサを運ぶ光景に似ていた。

「おーい、それはこっち、こっち」

　うん？　この声……

　ハルタがなぜか演劇部の部員たちに交じっていた。ちょこまかと走りまわってトラックの荷台に飛び乗り、衣装ケースをうんしょと受け取っている。

「ああっ、もうっ、重くて腕が抜けちゃう」

　む？　この声は……

　成島さんだった。腰まで届く髪を後ろでまとめあげ、体育で使うジャージ姿で段ボール箱を運んでいる。

　ふたりとも練習が終わってまっすぐ家に帰ったと思っていたのに、なにやっているんだろ？　わたしはすぐそばにあった雑居ビルの陰から様子をうかがうことにした。演劇部だって文化祭公演とクリスマス公演がつづいたから、しばらく公演活動はないはずだった。荷物を運び終えたみんなはふらふらと疲れきった足どりで市民会館の玄関に消えていく。

　気になってあとを尾《つ》けた。

自動ドアが開くと心地よいエアコンの暖気に包まれた。郊外にある文化会館ほど大きくないけれど、多目的の小ホールと会議室、研修室がある。たぶんみんながいるのは小ホールだなと思って奥に進むと、長椅子にぽつんとひとりで座る男子生徒がいた。

学生服を着た彼はダッフルコートを膝《ひざ》の上で抱えていた。演劇部の公演や部室でたまに見かけるひとだった。艶《つや》のある黒髪が印象的で、顔の右半分をほとんど覆い隠すように垂らしている。

彼と目が合った。彼はすぐ目を逸《そ》らしてどこか遠くを向いてしまった。そういえば、このひとが笑っているところや喋《しゃべ》っているところを見たことがない。

観葉植物が並ぶ廊下をまっすぐ歩いたわたしは、両開きの扉の前に立つ。中から話し声がした。扉に隙間をつくってのぞいてみる。

「――よし、今日はみんなご苦労だった」

とくに大きな声ではないのによく響く声。客席で演劇部の部員たちが輪をつくり、その中心で妙に尊大な態度の同級生がねぎらいの言葉をかけていた。隣のクラスの名越俊也《なごえしゅんや》だった。廃部になった演劇部を復活させた彼は部長を務めている。つまり部員は一年生のみで構成されていて、やりたい放題の部活動ライフを満喫している。

わたしは名越が苦手だ。あれは去年の四月、部活動の勧誘が盛んに行われていた時期だった。全身に白粉《おしろい》、赤ふんどし姿で校舎を疾走する名越と校舎の渡り廊下でぶつかった。

尻餅《しりもち》をついたわたしはあわわと酸欠寸前の金魚のように口をぱくぱくさせた。逆に名越は落ち着いていて、しっかりわたしの目を見すえて立ち上がると手を差し出してきた。てっきり謝ってくるのかと思ったら、「お前、演劇部に入れ」とぽつりといった。「は?」とわたし。「その表情、その身体のバネ。十年にひとりの逸材だ」いい終わらないうちに彼は生活指導部の先生に羽交い締めにされて連れ去られていった。「表現の自由をぉぉぉ」という叫びが校舎に響き渡った。そして「すみません。部長が馬鹿で」と彼の手下のような同級生がやってきて演劇部勧誘のビラを渡してくれた。以来、赤ふんどし姿の名越は姿形を変えてわたしの悪夢の中に出てくる。

「——恒例のビデオ反省会は月曜日の放課後に行う」

ホールの客席で名越が指示し、手を叩《たた》く。

「じゃあ後始末は俺たちがやるから、今日は解散。みんなお疲れ」

演劇部の部員たちからどっと息がもれ、わらわらとわたしのいる扉に向かってきた。わたしは忍者みたいにとっさに隠れてやり過ごす。客席には名越とハルタと成島さんの三人が残った。ハルタも成島さんも椅子に腰を深く沈めてぐったりしている。

「ねえハルタ、成島さんも、こんなところでなにやってるの?」

わたしは客席の間を縫って近づいた。名越の目が向き、わたしの頭からつま先まで眺めてくる。

「だれだっけ？　お前」

「十年にひとりの逸材よ！」

わたしは本気でつかみかかりそうになった。

「……穂村千夏。同じ吹奏楽部でクラスメイトだよ」

疲れた声でハルタがいう。名越はぽんと拳《こぶし》で手のひらを叩く。いちいちジェスチャーが大袈裟《おおげさ》なやつだ。

「ああ。思い出した。球技大会のバレーボールで水を得た魚のように球を拾いまくっていた女子か。おかげでうちのクラスは負けたぞ」

「元バレーボール部なの」わたしははっと我に返る。「頭の中のテープをもっと巻き戻しなさいよ！」

「なかなか反応がいいな」名越が感心したように顎《あご》に手を添えてわたしを見つめる。「五年にひとりの逸材だ。演劇部はきみを歓迎する」

もう名越は無視して、わたしは成島さんの肩をゆすった。

「ねえ、ねえ、成島さんまでどうしたの？」

成島さんもハルタと同様に疲れて口がきけない様子だった。眼鏡の位置が完全にずれている。彼女は一年以上のブランクを取り戻すため、平日は朝練に参加し、休日は十時間の練習時間を確保しているはずだ。こんなところで荷物運びをやって指を痛めたらどうするの？

そのとき、わたしたちの背後にだれかが近づく気配がした。

「僕も、帰って、いいかな？」

静かな声。それでいて一句一句丁寧に区切る喋り方。ふり向くと、長椅子に座っていたあの男子生徒が立っていた。手足は長くて身長はわたしより頭ひとつ分くらい高い。前髪から繊細で涼しげな目がのぞいている。

名越は彼を見て、なにかいいたげな表情をした。それを押し殺すようにいったん口をつぐむと、真面目な顔を返した。「ああ。悪かったな。無理やり付き合わせて」

彼は軽く手をふって去っていく。両開きの扉が閉まる音がしてから、成島さんがため息とともに泣き出しそうな声をもらした。

「……どうして吹奏楽部にマレンがいなくて、演劇部にいるの？」

（マレン？）わたしはきょとんと彼がいなくなった方向を眺める。

「チカちゃん、マレンを知らないの？」ハルタの気だるそうな声がつづく。

「……さっきのひとが」

「マレン・セイ。中国系アメリカ人。正しくはセイ（名前）・マレン（姓）だけど、彼は日本人のぼくたちに合わせているんだよ」

わたしはまたきょとんとしてハルタと成島さんを見つめる。なぜふたりが演劇部の雑用なんかを手伝っているのか、そしてさっきの成島さんの言葉の意味……

（どういうことなのよ）名越に目で訴える。

「え？　詳しく聞きたい？　話せば長くなるよ。長すぎて呆《あき》れるほどつまらない話になるけど」

「じゃ聞かない」

「待て」

名越がわたしの肩をつかむ。なんなのよ、このひと。

「はふはふは《悪ぃわね》、はふはふはふほふふ《奢ってもらっちゃって》！」

ドーナツ喫茶店「ハチカフェ」でわたしはシナモンドーナツを頬張り、喉《のど》につまりかけたところをアイスカフェラテで流し込む。

「俺の財布のことは気にするな」

テーブル席の正面で名越がミルクティーをすすった。すんなりと長い指がカップを支え、常に他人の目を意識しているのか姿勢がいい。一緒にテーブルを囲むハルタと成島さんはちびちびとドーナツをかじっている。

「……教室どうだった？」

ようやくわたしが落ち着いてから、成島さんが口を開いた。

「正直、きつい」

わたしはストローをグラスから抜いて唇にあてた。最近は管状のものがあるとなんでも吹いてしまいそうになる。わたしが通うフルート教室のレッスンはロングトーンからはじまる。先生の演奏のあとにつづいて吹くこの時間がわたしにとって一番つらかった。生徒も上手《うま》い社会人ばかりで肩身が狭い。迷惑そうな目を向けられることもある。

「指練とコード練は？」とハルタ。

「家でみっちりやる習慣がついた」

「そう」成島さんが手のついていない自分のドーナッツをナプキンに包んでわたしの皿に移してくれる。「吹奏楽部はやさしいひとばかりだから、教室でうんと傷ついて、人間関係に強くなったほうがいいわよ」

「そういえばここ最近、上条たちは練習がハードだな」

名越が会話に入る。

「まあね。二週間後にオーボエを加えた本番形式の合奏をすることになったんだ。うまくいけばレパートリーを増やして新入生の歓迎式典で演奏する」

「楽曲は決めたのか？」

「トム・ソーヤ組曲」

「へえ。そういう系統なら、俺としては『ムーン・リバー』や『美女と野獣』のほうが好きだな」

「テンポが遅い楽曲って難しいのよ」成島さんもため息混じりに加わった。「音の抑揚や鳴りも誤魔化せないし、パートの間を取るのもひと苦労なの」

「なるほど」と名越がカップを置く。「十人程度の吹奏楽団だとたいした楽曲を演奏するのは望めない。しかしながら部員に自信をつけさせるためなら、テンポが平均以上の楽曲で、スケールが大きくてやさしいやつが望ましい。そんなところか」

成島さんが感心する目を名越に向けた。

「なにより演奏できると上手くなった気がするからね」と頬杖《ほおづえ》をつくハルタ。

「そう。上手くなった気になるのはすごく重要」と成島さん。

「高校演劇でもそうだよ」

名越がうなずき、「だよね」と三人で口をそろえる。

わたしは食べかけたドーナツを口からぽろっと落とした。わたしもこの会話に参加せねば。大縄跳びで、まわる縄が怖くてなかなか入れない子供の心境を味わうことができた。

成島さんがホットココアの入ったカップを持ち上げる。「演奏する楽曲はみんなで選んだのよ」

「他に候補はあったのか？」と名越。

「チック・コリアのスペインと、ノースウッド」

「スペインは上条の趣味だな。吹奏楽でやったらおしゃれだろうけど」

「みんなに却下されたよ」いつにもまして元気がないハルタ。

「ノースウッドは私の趣味」と成島さん。

「それも反対されたのか？」

成島さんは首を静かに横にふる。「できないの」

「できない？　どうせ少人数でアレンジするんだろう？」

成島さんはまた首を横にふり、名越を見すえた。

「ノースウッドはね、前半のサックスがどうしても外せないの」

名越の表情が濁るのを、わたしは見た。沈黙があった。彼の口からふっと乾いた息がもれる。

「——わかったか？　穂村。このふたりはうちの部員のマレンを欲しがっているんだよ」

「欲しがるだなんて」成島さんの声のトーンが落ちた。「本人の人格を無視したような言い方はしないでほしいわ」

そばで聞いていたわたしとハルタは縮こまる。すみません。かつて成島さんの人格を無視していた時期がありました。ストーカーみたいにつきまとって家に上がりこんで、夕食をご馳走《ちそう》になったこともありました。

「だったらどんないい方があるんだ？」

名越はまっすぐ成島さんを見る。瞬《まばた》きもなく、凝視と呼ぶのが相応《ふさわ》しい見つめ方に、成島さんが先に目を逸《そ》らした。

さすがにわたしは緊張して、「あの」と口を挟む。「……成島さん、マレンと知り合いなの？」どことなく彼女の雰囲気からそう感じさせるものがあった。

「知り合い？　そうね。中学の頃の私の学校って、いまと同じように部員がすくなかったから、夏は四、五校集まる合同合宿に参加していたの。マレンはそこで目立っていたわ。父親が元サックス奏者だから技術はずば抜けていて、まわりとのコミュニケーションも長《た》けていた」

「コミュニケーションに長ける？　抽象的だな」名越がいちいち茶々を入れる。「マレンと付き合いの長い俺にもわかるように説明してくれ」

「彼って日本語は流暢《りゅうちょう》じゃなかったけれど、的確な言葉を選んでゆっくり話してくれるから逆に話しすぎるひとよりも伝わりやすいのよ。まわりは私も含めて理論や理屈に偏ったひとばかりだったけど、彼のアドバイスは不思議と耳に残ったわ」

「……確かにあいつのいいところだな」名越がしみじみといった。「で？」

「で？」ハルタが鸚鵡《おうむ》返しにする。

「結局、マレンを吹奏楽部に誘いたいんだろ？」

「それをいっちゃあ……」

身も蓋《ふた》もない、といいかけたハルタを成島さんが制した。

「どうしてマレンはサックスをやめたの？　さっきだって私を無視していた。彼になにがあったのよ？」

「俺はあいつのカウンセラーじゃないぜ」

「さっき、付き合いが長いっていったじゃん」

むきになる成島さんをわたしは見つめる。名越も両目を大きくさせていた。

「もしかして特別な感情でもあるのか？」

「なによそれ」

「好きになっちゃったとか」

「えっ、うそ」わたしは目を輝かせる。

成島さんのあまりの静けさに、名越もわたしもだんだん恐ろしくなってきた。

「オーボエはサックスに恋をしているんだ」針のむしろみたいな沈黙を払ってくれたのはハルタだった。「ホルンだって恋をしている。高音域の旋律を担当するトランペットやサックスが上手くないと、肉声を担当するオーボエやホルンは活《い》きないんだ。成島さんの中学の吹奏楽部が抱えていたジレンマがそこ。ぼくらの吹奏楽部の抱える問題点もそこ」

「つまりオーボエとホルンのラブコールか」名越はちらと成島さんを見る。そういうことにしてやる。そんな目だった。「で、フルートは？」

わたしはウエイトレスにドーナツのおかわりを注文した。「え。なにか用？」

「まあいいや」名越は達観した目で椅子の背に深くもたれた。「まず最初にいっておくが、俺は高校に入学してすぐマレンに吹奏楽部の入部を勧めたんだぜ」

「そのへんをもうすこし詳しく」ハルタがいった。

「あいつがおかしくなったのは、中学の卒業式が終わって春休みに入ってからだ。ネガとポジのような変わりようだったな。普段持ち歩いていたサックスも見なくなった」

「だからなにがあったのよ？」成島さんが苛立《いらだ》たしげにいう。

「さあな。俺はマレンの両親に電話で呼ばれて何度も家に行っている。『七面鳥の丸焼きを食べたくないか、ナゴエ？』とか、『でかいハンバーガーをつくったんだが頬張りたくないか、ナゴエ？』ってな。そういう大人は嫌いじゃない。両親は心配している。マレンはなにもいわない。俺にもさっぱりわからない」

成島さんが大きなため息をつき、名越はつづける。

「マレンを演劇部に誘ったのは俺だ。あいつは背が高いから、帰宅部になってもバレーボール部のしつこい勧誘を受けていたんだ」

「わかるわかる」わたしはドーナツをもぐもぐさせながらいった。「背の高いひとなら初心者でも喜んでシゴいて育てるからね」

「そうだ。俺はマレンの親友であると同時に、恩人でもある」

「へえ」ハルタが疑わしそうに声をもらす。「ぼくはてっきりマレンを流行《はや》りのアジア系二枚目俳優みたいに仕立てあげて、安易な集客力をあてにする腹づもりだと思ったよ」

名越が動揺した。図星だ、この顔は。

「やる気がないマレンの扱いに困っているんだろう?」とハルタ。

「お、俺は構わないぜ」

「それじゃあ他の演劇部の部員にしめしがつかない」

名越は黙った。

「頼むよ」ハルタがテーブルの上で頭を下げた。「もう一度、高校に入学したときと同じようにマレンの背中を吹奏楽部に押してやってくれないかな。サックスは吹かなくたっていい。いまの名越の代わりになれるようぼくたちは努める」

わたしも成島さんも固唾《かたず》を吞《の》んで名越を見つめる。

名越はしばらく考えてから、口を開いた。

「無理だな」

「どうして?」ハルタが顔を上げる。

「それであいつが抱えている問題が解決できるとは思えない」

「もっともだ。でも環境を変えるだけでも意味があると思わないかい?」

「思うよ。俺だってマレンは吹奏楽部にいたほうがいいと思っている。だがいまは演劇部の一員だ。たとえお荷物と陰でささやかれようが、演劇の魅力を伝えられず、一度も舞台に立たせないまま背中を押すのは無責任だ。たった十ヵ月でも俺たちと一緒にいた軌跡をちゃんと残してあげたい」

「そんなの、あなたの自分勝手なエゴじゃないの？」

我慢できないように成島さんが声を荒らげた。でも、わたしには名越が間違ったことをいっているとは思えなかった。いらないからあげる、と名越はいわなかった。わたしは名越が不快になるのを予想した。その予想は外れた。名越は静かな目の色を返すだけだった。

「成島。これは俺のエゴじゃないぜ。高校を卒業しても俺たちの人生はつづくんだ」

「……どのくらい待てばいいんだい？」とハルタ。

「わからない。だが努力はしている。今日、上条と成島に手伝ってもらったのはアマチュア劇団の舞台片づけだ。雑用を引き受ける代わりに前座に出させてもらっている。十五分のショートだがオリジナルの戯曲でやっているよ」

成島さんはうつむいている。テーブルの上に載せた手をかたくにぎり締めていた。見ていてかわいそうだった。

「あのさ」わたしは小さく手を上げた。「演劇部も吹奏楽部もマレンも、みんながハッピーになれる公演を演出できればいいんでしょ？」

ハルタも名越もわたしを見返す。

「穂村。お前、たまにはいいことをいうな」名越はわたしに、ドーナッツでも食うか？　と皿を寄せてきた。「俺はそういう前向きな意見を聞きたかったんだ。吹奏楽部も演劇部の活動に、できる範囲で参加してみたらどうだ？　一緒に力を合わせれば、マレンの気持ちもどこかで変わるかもしれない」

「いいアイデアだ」ハルタがうなずいた。「いいだしっぺのチカちゃんに代わって、ぼくが戯曲をつくろう」

「できるのか？　上条。劇作家の道のりは険しいぞ」

「できるよ。来週の金曜日までに」

わたしも成島さんも驚いてハルタを見た。いったいなにを考えているの？　そんな自信、どこから湧いてくるのよ？

「ほお」名越が顎《あご》に手を添え、興味深そうにハルタを見やる。

「マレンが出演できるような戯曲だ。マレンがいつまでたっても演劇に興味が湧かないのは、きっと名越の演劇に対する愛情が足りないからだ。ぼくらのマレンに対する愛情が勝っていることを証明するいい機会だ」

「ほおほお」名越の頬が引きつっている。「それは楽しみだ」

「ちょっと」成島さんが尖《とが》り声をあげた。「上条くん、そんなこといってだいじょうぶなの?」

「心配ない。ぼくだったら名越と違って最高傑作をつくることができる」

「ほおほおほお」名越は一匹の梟《ふくろう》と化していた。そのままほーほーとどこかに飛んでいきそうだった。「実に楽しみだ。そうと決まったら時間を無駄にできないな」と伝票を取り上げる。

ハルタと成島さんは思い出したように、はあと疲れた息をもらした。

「……みんな、これからなにをするの?」

お腹がいっぱいになったわたしも帰り支度をはじめていった。

「まだステージの掃除が残っているんだ。四人もいれば一時間で終わるよ」名越が上着を羽織りながらこたえる。

「四人だったらすぐ終わるな」ハルタの声がほんのすこし明るくなる。

「そうね。四人で力を合わせれば……」成島さんも急に元気が出てきた。

え?　わたしは自分を指さした。なんなのよ、みんな!

2

どうやら本気らしい。

授業の休み時間、昼休み、そして部活がはじまる前まで、音楽室の隣にある準備室にハルタが閉じこもっているときは、「戯曲を創作中。決して中に入っちゃいけません」という注意書きがドアに貼られた。もちろん吹奏楽部のみんなには事情を話してある。

水曜日までは我慢できたけど、木曜日にはうずうずして、金曜日の放課後にはわたしも先輩たちも、準備室の貼り紙を見ながらドアを開けたい衝動に駆られていた。

「木下順二《じゅんじ》の『夕鶴』みたいね。生まれるわよ、傑作が」

成島さんがオーボエのケースを抱えて背後に立っていた。わたしの耳に口を寄せてささやく。

「協力者がいるみたいよ。昨日、中から三人の話し声を聞いたひとがいるの」

「三人……？」

「時間だな」部長の片桐《かたぎり》さんが腕時計に目を落としてドアをノックした。「おーい、上条。そろそろ練習をはじめるけどいいかー」

ドアが内側から開き、ハルタが一枚のルーズリーフを手にしてあらわれた。

「つ、ついにできたのね！」

みんなでハルタを囲んだ。いまにも胴上げをしそうな勢いだ。ハルタが一歩進んで部長の片桐さんを見上げる。

「部長、これから演劇部の部室に行ってきてもいいですか？」

片桐さんは腕組みをして困った顔をした。ハルタが持つルーズリーフに目をとめる。

「上条、それでみんながハッピーになれるのか？」

「……たぶん」ハルタがこたえる。

「そうか」片桐さんはまぶたを閉じた。「じゃ行ってこい。先生にはおれからいっておく」

ハルタが頭を下げて廊下を走っていった。「さあ練習だ」と片桐さんの声とともに部員たちはぞろぞろと音楽室に入っていく。成島さんはハルタのいなくなった方向をしばらく見つめていたが、やがてその目を落として踵《きびす》を返した。

（みんながハッピーに……）

その言葉を反芻《はんすう》した。素敵な言葉だ。わたしは我慢できなくなって片桐さんの腕をつかむと、上目遣いでお願いした。

「あの。わたしもお目付け役で一緒に行ってきていいですか？」


演劇部の部室は旧校舎の一階にある空き教室のひとつだった。両端に机が寄せられ、ジャージ姿の部員たちが車座になって談笑している。

マレンはいなかった。

名越の正面でハルタがふんぞり返っていた。名越は例のルーズリーフを真剣な顔で読んでいる。

「失礼します」教室に入ると、「ああ、チカちゃん。いいところにきた」とハルタが反応した。

「……どう？」

「どうもこうも、これが没になるわけがないよ。だけど念を入れて、今回の戯曲には日本中の大人や子供に愛されているキャラクターを採用させてもらった。はっきりいって隙がないね」

「へえ」

わたしは名越の背後にまわり込み、ルーズリーフを一緒に眺めることにした。

『彼女がガチャピンをはねた日』

携帯電話のみのシチュエーションコメディ。あるカップルの物語。彼氏役と彼女役にスポットライトがあたる。彼氏のもとに彼女から携帯電話で連絡が入る。動揺している彼女を落ち着かせて話を聞くと、どうやら自転車でなにかをはねてしまったらしい。被害者の状態を聞くと……

・緑色の服を着ている。

・挙動不審。

・だいぶ太っている。なれなれしい。
・近くの電信柱から赤い服を着たひとが見ている。なんか目が飛び出て毛深い。
以上を総合するとどう考えても被害者は「ガチャピン」しかありえないと判断した彼氏は、彼女に適切な指示をはじめる。

保健所に通報する前にアニコム（動物保険）に加入しているかと問いただす彼氏。

遠慮がちに中に人間が入っているんじゃないか、だから総合病院に連れて行くと彼女。

馬鹿なことをいうな。船長が南の島からタマゴを持ってきてそこから孵《ふ》化《か》したのがガチャピンなんだ、みんな知っているぞ、と急に怒りだす彼氏。

だったらその船長を連れてきてよ、と彼女。

ムックは実はイエティだから無理！　とわけのわからないことを叫ぶ彼氏。

実は一番動揺しているのは彼氏ではないかと疑いだす彼女。

そこへ船長と名乗る謎の中年男が彼氏サイドに登場！　彼女サイドには、近くの小学校から地球環境保護倶楽部《クラブ》の子供たちが乱入！　そして明かされる衝撃の真実！

ガチャピンはいつになったら病院に連れて行かれるのか？

……中のひとはだいじょうぶなのか？


わたしはハルタを見た。「あんた馬鹿でしょ」その言葉が喉《のど》から出かかった。顔の筋肉を総動員して笑顔をつくると、「うわあ。すごく面白い」と棒読みでいった。「そう思わない？　名越」

名越は蠟《ろう》人形のようにかたまっていた。その顔からはどんな表情も読み取れない。啞然《あぜん》としているのか、怒りをためているのか、実は内心ちょっとだけウケているのか、さっぱりわからない。

「面白いよねー、名越」

わたしは犬をなでなでするみたいに、名越の頭をつかんで揺さぶった。名越がはっと我に返る表情をした。「ひとつ聞く」低い声だった。「……マレンはいったいどの役で？」泣き出しそうな声にも聞こえた。

ハルタは腕組みをして考え込む。大作家にでもなったような妙な貫禄《かんろく》をかもし出していた。

「地球環境保護倶楽部の子供役はどうだろう？　鼻筋に青っ洟《ぱな》、頰に赤丸、もちろんゼッケンをつけた体操着姿がいい」

名越はルーズリーフに両手をかけると、びりびりと破り捨てた。

「ああっ、ぼくの一週間の智慧《ちえ》と汗の結晶が……」

ハルタが四つん這《ば》いになって、破れた紙片をかき集める。

名越が立ち上がった。「お前、演劇を舐《な》めているだろ？」

「舐めているのは名越じゃないか。すくなくとも文化祭公演の脚本よりも、こっちのほうが断然面白いぞ。だいたいなんだ、あのぐたぐたの全共闘コメディは。アングラなんてただの自己満足で娯楽じゃない」

「なにを……」名越がはっと気づく表情をする。「まさかアンケートで長文の酷評を書いてきたのはお前か」

「批判と一緒に代案を出したはずだ」

「あれを酷評っていうんだよっ」

「だいたい元ネタの戯曲をこっそり登場人物から筋書きまでなにからなにまで改変するなんて、著作権で劇作家に訴えられるぞ」

「これを書いたお前にいわれたくないぞ！」

名越もハルタも頭に血がのぼり、目を剝《む》いていい争っていた。ちょっと、ちょっと……。

わたしはおろおろしてまわりの演劇部員を見る。また部長が熱くなっていますよ、はは、と、お互い顔を見合わせて乾ききった笑みをもらしていた。

「まだぼくやチカちゃんのほうが、名越より役者として素質がある」

ハルタが吐き捨てる。え？　いまなんていった？

「……ほお」

名越が口を閉ざす。わたしは人の顔から血の気が失《う》せる様をはじめて見た。

「前からいおうと思ってたけど、部室をアトリエと呼ぶその言語感覚が気に食わなかった」ハルタははあと息を切らして立ち上がると、両手を広げて目測をはじめた。「ほら、この教室は吹奏楽のパート練習をするにはもってこいだよ、チカちゃん!」

なんてことを。わたしはいい加減にハルタをとめようとした。苦労してつくった戯曲を破られたからといってやりすぎだ。

「俺も前々から、吹奏楽部が騒音をたてている駐輪場の広場が、演劇の発声練習に使えないかと思っていた」

名越のつぶやきにふり向く。ごめん。いまハルタを謝らせるからね。

「とくにフルートが耳障りだった。俺の妹のリコーダーのほうが千倍は上手《うま》い」

「……なんですって?」

「俺の親父の鼾《いびき》のほうが、穂村のフルートより美しいメロディを奏でる」

「……ちょっと。なによそれ」

ハルタがぽんとわたしの肩に手を乗せる。「ほら、こういうやつなんだよ。いまのうちにハエのように叩《たた》き潰《つぶ》したほうが吹奏楽部のためになるんだ」

名越の目が血走った。「奇遇だな。俺もそれを考えていたところだ」

「どうする?」鼻先を近づけるハルタ。

「お前らと演劇勝負だ。俺より役者の素質があるんだろう?」と名越。

「待ってよ」わたしはふたりの間に入った。「演劇勝負だなんて、演劇部に勝てるわけないじゃないの。やっぱりやめようよ、こんなの」

「……穂村、別に演技技術なんて特別なものじゃないぜ」

「は？」

「お前だって日常で演じているだろう。好きなひとにどうやって好かれるかということばかり考えていないか？　彼に好かれ、彼のお気に入りになることが、最大の関心ごとじゃないのか？」

わたしはかっと熱くなった。ハルタがわたしの前に出る。

「面白いね。名越はだれと組むんだい？」

「うちの看板女優を紹介しよう」

名越の目配せで立ち上がる女子がいた。厚い眼鏡、おさげにした髪。わたしがいうのもなんだけど、看板女優と呼ばれるほど冴《さ》えた容姿ではない気がする。

「藤間弥生子《ふじまやえこ》。マヤと呼んでやってくれ。家はラーメン屋だ」そして名越はわたしたちに顔を近づけて声を潜める。「……こいつは本物だ」

隣でハルタが笑いを堪《こら》えるのに必死になっている。

彼女は無言でぺこりと頭を下げた。まともな部員に思えた。見た目の印象だけで偏見を抱きそうになったわたしは自分を恥じた。

「藤間さん。わたしたちで、ふたりの喧嘩《けんか》をとめましょうよ」

わたしが差し出した手を彼女は払いのけた。なに？　なんなの？

「ああ」と名越は思い出すようにいった。「いま藤間は部長命令で『半年前に保護されたばかりのオオカミ少女』になりきっているんだったな」そしてぱんと手を叩いた。「おい藤間、目を覚ませ」

わたしは名越を押し退《の》け、藤間さんと向き合い、彼女の小柄な両肩を揺すって必死に訴えた。

「いいの？　貴重な青春時代をこんな部長に支配されても？　ね？　やめようよ、こんなの」

なにが面白いのか、わははと名越は笑っている。「おい藤間。青春なんぞを純化しているその小娘になにかいい返してやれ」

藤間さんは真顔ですこし考えていた。やがてなにかを断ち切ったように顔を上げると、か細い声でいった。

「……安定は役者の敵です」

頭のおかしな同級生がまたわたしのまわりに増えた。

「上条。勝負の日時は明日の土曜の放課後、場所は体育館のステージでいいか？」

「望むところだ」とハルタ。「負けるつもりはない」

「内容は即興劇《フリーエチュード》。ただしお前らのハンデとして心理ゲームにしてやる。演技を競うのではなくて、こちらが提示した条件を先にクリアしたほうが勝ちだ。マレンを含めて観客を集めておくぜ」

え？　わたしは名越を見つめる。名越の視線がわたしたちを飛び越え、教室の引き戸を向いていたからだった。

「――いいですよね？　草壁先生」

わたしはふり向く。教室の半分開いた引き戸に、草壁先生がコピーしたスコアを片手に寄りかかっていた。

「受けて立つよ」

草壁先生は挑発的な笑みを浮かべていた。

3

土曜日の放課後、わたしは体育館のステージの上で茫然《ぼうぜん》と立っていた。客席には折りたたみの椅子が四十脚くらい並べられ、吹奏楽部のみんな、演劇部の部員とOB、そして名越のクラスの友だちでほとんど埋まっていた。練習前の女子バスケットボール部やバドミントン部の部員まで興味深そうに遠くから眺めている。心なしかどんどんギャラリーが増えていく気がする……

演劇部と吹奏楽部の代表がそれぞれの威信をかけて演劇対決を行う。朝からそんなふれ込みが学校中の生徒に広まっていた。

いったいなんでこうなっちゃったの？

ふと見ると客席の一番後ろにマレンが座っていた。名越に強引に誘われたのか、居心地の悪そうな雰囲気を漂わせている。離れて座る成島さんが気にかけている様子だった。

「じゃあはじめようか」

ステージの袖《そで》から名越と藤間さんが颯爽《さっそう》とあらわれ、ハルタが客席からステージに上がってきた。演劇部の部員たちが拍手し、それは客席全体に広がった。

名越が両手を上げ、よく通る声でわたしたちに説明する。

「内容は簡単な即興劇だ。設定されたシチュエーションでそれに合った役柄になりきる。そして制限時間内にこのステージから退出すればいいだけの話。名づけて『退出ゲーム』」

「……退出って、このステージから下りればいいの？」わたしはたずねた。

「そうだ。簡単だろ？　最初のお題は『恩師の送別会において、最後の別れの挨拶《あいさつ》の前に退出する』だ。どんな理由をでっちあげてもいい。相手のチームはそれを阻止する。想像力を駆使して退出方法を考えてくれ」

わたしはハルタを肘《ひじ》でつつく。「もっと難しいことをやらされるかと思った。簡単そうで良かったね」

「想像力には自信がないけどなあ」とハルタがいった。

「まあ恩師はだれを設定してもいいけど、きみらの場合は草壁先生を想定してもいいんじゃないの？」

わたしはむっとしたが、ハルタを見ると素でかたまっていた。きっとひとより長《た》けた想像力に押し潰されそうになっているのだろう。

名越がにやにやと笑う。「そうそうその表情……。真に迫るね。でもこれは芝居だからね？　そこを忘れないでほしい。ちなみに前半戦は四人でやるわけだけど、観客のみんなを楽しませて退出してくれないと困るよ？　本当はこのゲームは奥が深いんだけど、やってみればわかるさ。基本的に発言に対して否定をする場合、はじめに肯定をしてから否定しないと、話がうまくつながらなくなるから気をつけてね」

「え？」

わたしの当惑をよそに名越が合図をした。ステージに設置された巨大なホワイトボードが裏返る。そこにはマーカーで次のように大きく書かれていた。

演劇部VS吹奏楽部　即興劇対決　前半戦
お題『恩師の送別会において、最後の別れの挨拶の前に退出する』

出演
名越俊也（演劇部部長）
藤間弥生子（演劇部女子。看板女優）
上条春太（吹奏楽部下っ端）
穂村千夏（右に同じく下っ端）
以上四名。制限時間十分。

「下っ端か……」ハルタが憎々しげにつぶやく。

「それじゃあスタート！」

名越の声とともに客席からぱちぱちと拍手が湧いた。

わたしは深呼吸をして拍手がやむのを待つ。こんなゲームに長々と付き合うわけにはいかない。拍手が完全にやんでから挙手して、ステージの中央に進んだ。

「ト、トイレに行ってもいいですか？」

名越も藤間さんも呆気《あっけ》に取られる。観客はしんとして、演劇部の部員からため息がもれた。それはないよな、という小声がした。やがてそれはぶーぶーというブーイングに変わった。

わたしはゆっくりと首をまわした。みんなわたしを不満そうに見つめている。改めて観客の存在に気づいた。

名越がステージの中央に歩いてきて、わたしと観客に向かっていった。

「いきなり生理現象ですか？　まあいいけどさ。きみは恩師の挨拶の前にトイレに行きたいといった。それは仕方がない。しかしこのシチュエーションからの退出理由になっていないことはわかるよね？　それは途中退出であり、戻ってくることを前提としているからさ」

なるほど、と客席から納得する声がした。それはなんと吹奏楽部の片桐部長だった。完全に楽しんでいる。裏切り者め。

ハルタがうなずいている。わたしもだんだんとわかりかけてきた。

「じゃあ試しにこういうのはどうだろう？」

ハルタがつぶやき、携帯電話を取り出した。いきなり飛び上がって叫びだす。

「えっ、父さんが交通事故？　病院はどこ？　すぐ行く！　みんなごめん！」

観客が騒然とした。ハルタは勝ち誇った表情で携帯電話をしまう。確かにこの状況なら退出しないわけにはいかない。客席の吹奏楽部のみんながガッツポーズをする。

すかさず名越が携帯電話を取り出した。

「母さん？　上条くんのお父さんをはねた？　それで……はねたショックでちょっぴり上条くんのお父さんの頭がよくなったみたいだって？　それでお父さん、走って逃げた？」

爆弾が落ちたような笑い声が観客から湧いた。二の句が継げずにいるハルタの首に、名越が腕をまわす。

「バカボンのパパみたいなこともあるんだな。よかったじゃん。明日から賑《にぎ》やかになりそうで」

体育館が盛大な拍手で埋まった。そうだそうだー。明日から上条家は面白くなりそうだー。遊びに行くぞー。客席から楽しそうに同調する声が飛び交い、ハルタがすごすごとわたしのそばに戻ってきた。この負け犬め。

「お前ら、本当になにもわかってないな」

名越の呆《あき》れる声。客席にも届く声が響いた。

「いいか？　このゲームはいかに退出を阻止するかがポイントになるんだ。両者の言い分を観客が審査する。頭の回転が速くて優秀な『退出を阻止する側《ブロッカー》』がいれば、場をしらけさせるような退出理由なんて、いくらでもブロックされることを肝に銘じておくんだな」

わたしとハルタは息を呑《の》む。

「それじゃあ仕切り直しだ」

名越が宣言すると、突然藤間さんが膝《ひざ》を崩して泣きはじめた。小柄な身体を震わせ、込み上げる嗚咽《おえつ》と全力で戦っている……ように見える。名越が近づいて藤間さんの肩に手をのせた。藤間さんは嫌々するようにその手をふり払った。名越は困惑し、「俺はお前のことをずっと――」と声をつまらせている。

わたしはハルタに耳打ちした。

「なにがはじまってるの？　笑っちゃうんだけど」

「退出ゲームといったって、これは芝居だろう？　彼らの中では即興劇がはじまっているんだよ。恩師にずっと片想いしている女子生徒と、その子にずっと片想いをしていた男子生徒ってところだね。ほら、あそこを見てごらん」

ハルタはステージに設置された別のホワイトボードを指さした。そこに演劇部の部員のひとりがマーカーでなにかを書き込み、わたしたちと観客に見えるように動かしている。

・藤間は恩師に片想いをしている。そんな藤間に名越が片想いをしている

「……ひとつ設定が加わったわけだ」

ハルタがわたしにささやき返し、わたしは苦い顔を返した。

「ほらチカちゃん、あいつらのペースになる前に阻止するんだ」

ハルタがわたしの背中を押し、仕方なくわたしは藤間さんに近づいていく。手を上げて観客と藤間さんの注意を引いた。

「藤間さん。想いをちゃんと伝えなきゃ駄目よ。先生が持ってる新幹線のチケット、最後の挨拶《あいさつ》が終わってすぐ教室を出て行かなければ間に合わないんだったよね。……なんとかするわ。すくなくとも新幹線が一本以上遅れるようにする。その代わり、わたしはもう戻れなくなるかもしれない。それでもいいの。藤間さん、そこにいる名越に惑わされちゃ駄目！　じゃあわたし、行ってくる！」

踵《きびす》を返すわたしを、案の定名越がとめた。

「おい、どこへ行くつもりだ？」

「ばばば、爆破予告の電話をしに行くのよ、この身と引き換えにね！　すぐつかまらないように街の公衆電話からかけてくるの。学校から一番近い公衆電話はここから走って十分以上かかるわ」

おおっ、と客席からまばらに拍手が湧く。

「それじゃ、はい」と名越がわたしに携帯電話を渡した。

「携帯電話じゃ駄目なの！　すぐ身元がわかっちゃうじゃない！」

そうだよな。客席からぽつりと声がもれる。いいぞー、穂村ー。そのまま行けー。吹奏楽部のみんなが応援してくれる。みんなありがとう。代わりのフルート奏者は見つけるからなー。うるさい。

「それプリペイドだからだいじょうぶ」

名越がいって、わたしは立ちどまる。観客も静まり返った。

「――へ？」

「爆破予告の電話、楽しみだなあ」

わたしは思わず喉《のど》をつまらせた。恐る恐る客席に首をまわす。吹奏楽部のみんなは青い顔をして、演劇部の部員や名越のクラスメイトがくすくすと笑い、期待を込めた目で見つめている。

わたしは赤面し、顔を両手で包んで座り込んだ。「……駄目。やっぱりできない。犯罪はよくないっ」

だよな、と客席からぱちぱちぱちぱちと拍手が湧いた。なんなのよ。

ステージのホワイトボードに新たな設定が加わった。

・最後の挨拶が終わったら、先生は新幹線に乗るために教室から出て行く

ハルタがわたしのそばにきて、「次はチームワークでいこう」と耳打ちした。観客を意識してステージの中央まで大股《おおまた》で歩き、くるりと身体を翻して名越と向き合った。「そういえば名越、最後の挨拶が終わったら先生をみんなで胴上げするんだったよな？」

「……ああ、そうだったな」

ステージのホワイトボードにまた新たな設定が加わった。

・最後の挨拶が終わったら、先生を胴上げ

わたしは機転を利かせる。「藤間さんっ、胴上げのときに先生に想いをぶつけちゃいなよ？」

藤間さんがはっと顔を上げ、また伏せる。「みんな見ているし……恥ずかしい」

「心配はいらないよ」ハルタが藤間さんの前で屈《かが》み、安心させるように肩に手を乗せる。

「胴上げのとき、そこにいる名越のアイデアで、先生との思い出の音楽発表会の演奏――第九を放送室から流す予定になったんだ。な？　名越」

「……ああ、そんなことといったかな」

名越が合わせてくれる。

「そうよ！」わたしもハルタと並んで藤間さんの前に立つ。「わたしが放送室に行ってボリウムを上げてくる。だから藤間さんは胴上げのとき、先生の耳元ではっきり聞こえる声で想いをぶつけちゃって。だいじょうぶ。たとえ他のクラスから苦情がきても、わたしが放送室に籠城《ろうじょう》して、だれにも藤間さんの邪魔はさせないから！」

「チカちゃん、行ってきてくれるのかい？」とハルタ。

「うん。行ってくるね！」とわたし。

わたしとハルタは同時に客席をうかがう。拍手がどっと湧いた。いいぞー。藤間さーん、第九と一緒に想いをぶつけちゃえー。よし。確かな感触をつかんだ。わたしとハルタが連係すればこんなものよ。わたしは急いでステージ端まで走り、階段に足を伸ばした。決してふり向かない。名越と藤間さんの静けさが無気味に思えたからだった。

「ああ、そのことだが」

と名越がわたしをとめる。やっぱりきた。

名越は制服のポケットから、体育の授業で先生が使うようなホイッスルを取り出した。

「……実はその演奏を、急遽《きゅうきょ》この『ホイッスル』ですることに決まったんだ」

観客がざわめいた。

「どうやって一個のホイッスルで演奏するんだ！　それにそれは楽器じゃないし、音程がつけられないだろう？」ハルタが嚙《か》みついた。

するとさっきまで泣きじゃくっていた藤間さんが、静かにポケットからもう一個のホイッスルを取り出した。観客が爆笑した。さすがマヤだ。ぬかりない。名越がホイッスルを口にくわえて叫ぶ。

「ホイッスルの連奏だ！」

なんとなく第九のように聞こえる演奏をふたりで交互にピーッ、ポーッと吹きはじめた。観客の笑いはとまらない。成島さんや草壁先生まで笑いを堪《こら》えている姿を見て、負けたと思った。

「連奏ならぬ、連吹か。ある意味感動的だね、チカちゃん」

ハルタが膝《ひざ》を折り、わたしもへたりと座り込む。

そのときジリリリリと目覚まし時計のようなベルが鳴った。終了時間の十分だった。客席から大きな拍手が湧いた。中には立ち上がって、まだ学校に残っている友だちを呼びに行く生徒もあらわれる。

え？　嘘でしょ？　これからまだギャラリーが増えるの？

名越と藤間さんはステージの中央で不敵な笑みを浮かべていた。

「……チカちゃん、よくない状況だよ」ハルタがひそひそとつぶやく。

「……どうして？」わたしは疲れきった声を返す。

「名越たちはまだ一度も退出側にまわっていないんだ。後半戦で一気に勝負をかけるつもりで、ぼくたちを弄《もてあそ》んでいたんだよ」

「そんな」力の差を見せつけられた気がした。

名越がわたしたちの前で仁王立ちをする。いや。そんな目で見ないで。ヘビに睨《にら》まれたカエルの心境だ。名越は観客とわたしたちの反応を交互にうかがい、みんなに聞こえる声で叫んだ。

「俺は弱い者いじめをする趣味はない。だから吹奏楽部にハンデを与えてやる」

「え」わたしとハルタは同時に声をあげる。

「後半戦はお互いの陣営に一名ずつ追加する。三人寄れば文殊の智慧《ちえ》というだろう？　このピンチを切り抜けてみろ」

名越が片手を上げると、ステージのホワイトボードが裏返った。新たに書き込んでいた演劇部の部員が走り去っていく。

観客のみんながホワイトボードに注目する。信じられないように立ち上がるふたりの生徒がいた。

演劇部ＶＳ吹奏楽部　即興劇対決　後半戦
お題『ニセ札犯、時効十五分前の状況で、潜伏場所から退出できるか？』
出演
名越俊也（演劇部部長）
藤間弥生子（演劇部女子。看板女優）
マレン・セイ（演劇部部員）
上条春太（吹奏楽部下っ端）
穂村千夏（右に同じく下っ端）
成島美代子（右に同じく下っ端）

以上六名。制限時間十五分。

4

「なんで私が、ステージの上で生き恥をさらさなきゃならないのよ！」

成島さんがステージの上でハルタの胸ぐらをつかみ、激しく揺らした。その光景に観客がくすくす笑っている。わたしはさっきまで生き恥をさらしていたかと思うと密《ひそ》かに落ち込んだ。

「ぜったいいや。いやよいやよいやよいやよいやよ」

振り子人形のように首を揺らすハルタは、「文句があるならあいつに」とステージの中央に立つ名越を指さした。

「成島、潔くあきらめろ」

「あんたねえ」

いいかけた成島さんが口をつぐむ。名越の背後に、ステージに上がってきたマレンが近づいたからだった。戸惑った表情を浮かべている。

「……名越、僕には無理だよ」彼もまた、名越と同じようによく通る声をしていた。

「どうしてだ？」

マレンは目を伏せて首を横にふる。「僕、みんなのような才能がないよ。ただ立っているだけになるから、即興劇にはならないよ」

「そうよ、そうよ。私だってやる気のこれっぽっちもないからね！」

成島さんが人差し指と親指でつくる「これっぽっち」は本当に微塵《みじん》もない。名越は観客にもわかるように大袈裟《おおげさ》なため息をついてみせた。

「やれやれ。芝居を馬鹿にする者は芝居によって泣かされる。すこし趣向を変えることにしよう」

そういってホワイトボードの前に立ち、マーカーで追記した。

勝利条件
・名越と藤間は成島を退出させる
・上条と穂村はマレンを退出させる

名越は満足そうにマーカーのキャップを締める。

「これで全員参加の即興劇になる。いいぞ？　別に黙って突っ立っていても」

「なに？　私、この悪魔のような演劇部のふたりにいじられるわけ？」

成島さんが泣きそうな顔になる。芝居を馬鹿にする者が芝居によって泣かされる瞬間だった。

「ふうん」名越と同じように、観客にも聞こえる声で反応したのはハルタだった。「たとえマレンにやる気がなくて、黙って立っているだけでも、あの手この手を使って彼を退出させればいいわけだ」

マレンがきょとんとする。その目をゆっくりとハルタに向けた。涼しげな目に一瞬興味深い光が宿った気がした。「そんなこと、できるの？」

「やらなければ、ぼくたちは勝てないじゃないか」よせばいいのにハルタがムキになる。

「――よし。じゃあはじめようか」

名越が両手を広げて観客の拍手を誘った。客席から大きな拍手が湧いた。わたしは息を呑《の》む。立ち見客もいて、さっきの倍近くの人数に膨れ上がっている。後半戦の『ニセ札犯、時効十五分前の状況で、潜伏場所から退出できるか？』という即興劇がはじまった。

演劇部の部員たちがステージの袖《そで》から素早くやってきて、わたしたちひとりずつに毛布を配っていく。

「なに、これ？」わたしは毛布を抱えて名越にたずねる。

「小道具だ。うちの看板女優を見ろ」

名越が指をさした方向に、毛布にくるまって身体をがちがちと震わせる藤間さんがいた。追いつめられたように親指の爪を嚙み、ひとり言をくり返している。ふうん。潜伏場所には暖房がないんですね。名越が毛布をかぶって丸まり、マレンもそれに倣ってあぐらをかいた。ただし毛布はそばに置き、静かな目をしている。

わたしたちも頭から毛布をかぶり、三人でくっつき合う。

「……名越を相手に勝てるの？」成島さんが小声でいう。

「なるほど。認めているんだね。その方法を考えた」ハルタがささやき返す。

「え」と成島さんとわたし。

「冷静に考えれば、この退出ゲームは詰め将棋と同じだ。駆け引きと状況の組み立てで、名越たちがマレンを退出させざるを得ない状況に持っていけばいい」

「そんなことできるの？」わたしは声を潜めていった。

ハルタが名越を見てにやっと笑う。「芝居に溺《おぼ》れる者は芝居に泣いてもらおうか」そして意味のわからない言葉をつぶやいた。「つれづれの長雨《ながめ》にまさる涙川袖のみ濡《ぬ》れて逢《あ》うよしもなし」

「なんなの？」成島さんが不思議そうにたずねる。

「この退出ゲームに勝つための魔法の言葉さ」

とハルタがわたしと成島さんの耳に口を寄せてきた。ハルタはこの芝居で、『いってはいけない言葉』を教えてくれた。

「――おい、上条」

苛立《いらだ》つ声がステージに響き渡った。名越だった。「もう芝居ははじまっているんだぜ」

ぶーぶーと客席からブーイングが湧いた。そうだった。忘れていた。

「違うのよ。名越」わたしは勢いよく立ち上がり、毛布をかぶったままステージの中央に移動した。「ハルタがこのアジトにいないの」

「え」と名越が虚をつかれる。

「どんなに捜してもいないのよ！」わたしは涙ながらに訴えるふりをした。

「ど、どど、どこに行ったんだ、あいつ？」名越が動揺している。

そのとき、いったん袖に隠れていたハルタが、毛布をかぶったままステージの中央にやってきた。なにかを抱えるしぐさをしている。

「なにやってたのよ、ハルタっ」わたしはハルタをなじる。

「……上条くん、その濡れたワンちゃんは？」成島さんも毛布をかぶって近づいてきた。

ハルタは息を切らしながら、「外はどうやら台風が近づいているらしい、人通りがすくないところで震えていたから連れてきたんだ」

「犬だと？　時効十五分前のニセ札犯に、犬なんてかわいがる余裕があるか！」

「待ってよ、名越」わたしは名越をいましめた。「この緊張がつづいた状態で、かわいいワンちゃんを必要としているメンバーがいるじゃないの」

わたしとハルタと成島さんの目が、さっきから毛布をかぶって震えている藤間さんに向く。

藤間さんは目をうるませて、両手を伸ばしてきた。

「ワ、ワンちゃん……」

この看板女優はノリがいい。

「ちっ。余計な小道具を増やしやがって」

名越が毒づき、ステージのホワイトボードに設定が加わった。

・ニセ札犯のアジトに拾ってきたワンちゃんがいる

「とにかくあと十五分隠れていればいいんだ」ハルタが毛布をかぶり直した。「それにぼくたちは全員整形手術を受けているから、だいじょうぶだよ。ただ……」

「……ただ？」とくり返す名越。

「心配ごとは、この六人の犯行メンバーにやる気のない中国人がひとり交じっていることだ。彼がなにかドジを踏んでいなければいいけど」

ハルタを除く全員がはっとした。黙って座るマレンに視線が集中する。マレンの顔が青ざめた。

「おい。マレンはアメリカ人だ。訂正しろ」

気色ばんだ名越がハルタにつめ寄り、慌てて立ち上がったマレンにとめられる。わたしも成島さんも緊張した。

「いいよ、中国人で」マレンがつぶやく。なんの感情もこもっていない声だった。

「設定追加だ」ハルタが冷酷とも思える声で演劇部の部員に指示をした。

ステージのホワイトボードに新たな設定が加わる。

・メンバーは全員整形手術を受けている
・六人の犯行メンバーに中国人がひとり交じっている

「……あのさ、名越」

わたしは手を上げる。ステージの端では成島さんがハルタの首を絞めていた。観客がくすくす笑っている。

「なんだ？」

「このアジトはいったいどんな場所なの？」

「ああ。実は……」

名越が藤間さんに憐《あわ》れむ目を向けた。藤間さんは見えないワンちゃんを両手で抱えて頬ずりをしている。

「藤間がこんなふうに犬に癒《いや》しを求めるようになったのは、ふたつ理由があるんだ。ここは裸電球と水道だけがかろうじて使えるボロアパートの一室なんだよ。電話もラジオもテレビもない」

「なんだって？」喉元を押さえたハルタが苦しそうな声をあげた。「じゃあどうやって、時効日の零時十五分前という時間を計っているんだ？」

「俺の腕時計がある」

「それが正しい時間だって、どうやって証明するんだ？」

「俺様の腕時計は高級電波時計なんだよ！」名越が目を剝《む》いた。「メイド・イン・ジャパンだ。このなによりも正確で緻密《ちみつ》な電波時計がある限り、時間でインチキなんてできないからな。俺は演劇を馬鹿にした上条を許さない。めたくそにしてやる、ばーかばーか」

「わかったから、わかったから」現代の高校生とは思えない罵声《ばせい》を吐く名越を、わたしはなだめることにする。お母さんになった気分だった。「で、藤間さんがおかしくなっちゃったもうひとつの理由ってなんなのよ？」

「ああ。実はな。このボロアパートは共有玄関を持つ木造二階建てで、この部屋の真上にはひとり暮らしの住人がいるんだ。俺たち以外はその住人しか住んでいない。で、毎晩十一時に帰ってくるその住人の足音に耳を澄ますのが、藤間の唯一の楽しみであったわけだ」

「……暗いわね」わたしは素直な感想をいった。

ステージのホワイトボードに設定が加わった。

・アジトの真上の部屋にはひとり暮らしの住人がいる
・その住人は毎晩十一時に帰ってくる

「よくもまあ、こまごまと」成島さんが客席に届く声でつぶやき捨てる。

「お前ら吹奏楽部にいわれたくないぞ！」

名越がホワイトボードに羅列された文字を指し、観客がくすっと笑う。

「ここからが重要だ」名越は怪訝《けげん》な面持ちになってつづける。「真上の部屋の住人が、今日に限ってまだ帰宅していないんだ。俺たちの時効日になぜそんなことが起こるのだろうか？」

「たまたまよ」成島さんが一蹴《いっしゅう》した。

「そうね、たまたま」わたしも同調する。

「お前ら、馬鹿か！　いまごろ警官たちが外で張っているから、こんな事態になっているのかも知れないんだぞ。見ろ！　この藤間の怯《おび》えようを！」

藤間さんが生まれたての鹿の赤ちゃんのように手足を痙攣《けいれん》させていた。本当に看板女優なのだろうか。しかし観客が笑っていた。わたしは横目で見て、しまったと思った。名越は観客を味方につけはじめている。

「……このメンバーに警察と内通した裏切り者がいるかもしれないんだ」

「時効直前に内通してもメリットはないよ」ハルタが流れをとめようとする。

「そうだ。もしかしたら整形手術を受けたとき、入れ替わった潜入捜査官がいるんじゃないのか？　そいつはメンバーのふりをして、今日まで俺たちを騙《だま》してきたんじゃないのか？」

ハルタがちっと舌打ちした。

「偽者？」わたしはハルタ、成島さん、名越、藤間さん、マレンを順に見まわした。

「俺の目は節穴じゃない」

「この中のだれが偽者っていうのよ？」

「お前だ、成島」

名越に指をさされた成島さんが「は？」という表情を浮かべる。

「俺にはわかる。お前の眼鏡は伊達《だて》眼鏡だ。本物の成島なら度が入った眼鏡をしているはずだ」

「度は入っているわよ」成島さんは平然としている。

「そうか？」名越が首をかしげた。「じゃあ俺に確認させてくれ」

成島さんは疑わしそうに眼鏡を外して名越に渡した。名越はしばらく成島さんの眼鏡を観察し、いつの間にか落ち着いて正座している藤間さんに渡した。藤間さんは毛布にくるまった状態でごそごそと調べ、名越に眼鏡を返した。

「悪かった」名越が眼鏡のフレームを広げて成島さんに返す。成島さんは眼鏡に手をふれ、「なによ、これ！」と叫んで投げ捨てた。それはパーティーグッズであるようなフレームだけの伊達眼鏡だった。顔からはみでるくらいに大きい。

名越が投げ捨てられた伊達眼鏡の前でひざまずき、聖杯を恭しく掲げるような恰好《かっこう》で取り上げた。「おおぅ。これこそ、まごうことなき伊達眼鏡だ」

「返せ！　私の眼鏡！」

成島さんが藤間さんの背中をぽかぽかと叩《たた》いている。毛布を頭からかぶった藤間さんは、手足を引っ込めた亀のように丸まっていた。

名越が興奮する成島さんの肩を後ろから指でつつく。ふり向いた顔に「はい」と伊達眼鏡をかけた。意外と似合う。「いやあああ」成島さんの悲鳴が響いた。

その滅茶苦茶《めちゃくちゃ》な光景をわたしとハルタは呆気《あっけ》に取られて見つめた。しかし観客は爆笑している。面白がっている。確かに……楽しい光景に違いない。こういうのを観たかったんだろうな……

名越が成島さんの腕を取る。

「上条、わかったか？　成島は偽者の可能性が高いんだ。このままアジトに隠れていても警官が突入してくるかもしれないんだぞ。だからこれから成島を人質にしてこのアジトから出て行く。もし警官がいれば立場は逆転だ。時効まであと五分。五分くらいなら俺が犠牲になって、お前らのためになんとか時間を稼いでみせる」

観客からおおっという声と、ぱちぱちぱちと拍手が湧いた。あと五分だ。名越くーん、みんなのために頑張ってー。応援する観客もいる。名越は観客に向かって「俺の自己犠牲はプライスレス」といって親指を立てた。

「いや、いやぁ、私、偽者じゃないもん」

「黙れ、この偽者め！」

大きな伊達眼鏡をかけた成島さんが、名越に力ずくで引きずられていく。

「助けてよ、上条くん、穂村さん」

早く助けないと……。身体を動かしかけたわたしの目に、それまでステージの端で黙って座りつづけていたマレンの姿が映った。名越を睨《にら》みつけている。そんな表情に思えた。

ハルタが両手を上げて観客の注意を引く。拍手がやみ、名越も気づいてふり返った。

「スマートじゃないな。退出は自らすすんで行わせるべきだ。……そう思っているんだろう、マレン？」

名越が成島さんの腕を引いたままステージの中央に戻ってくる。名越とハルタが対峙《たいじ》する形になった。

「なんだ、上条。俺が成島を退出させることに問題はないはずだ。観客だって支持してくれているぞ」

「名越の勘違いが成島さんを偽者に仕立て上げているんだ。アジトの真上にある部屋の住人が帰ってこないのは、まだ十一時になっていないからだよ。だから別に今日はおかしな状況じゃない」

「……なに？」

「ぼくの腕時計はまだ十時五十五分だ。名越の論理で考えると、成島さんを疑うのは十一時を過ぎてからでも遅くない」

名越が馬鹿にしたように笑った。

「お前の時計が壊れているんじゃないのか？　俺の時計はどんな時計よりも正確な電波時計だ。仮にだれかが時計の針をいじったとしても、すぐに自動補正してくれる賢い時計なんだ。悪いが上条、時間を一時間遅らせたかったのだろうが相手が悪かったな」

「遅れている？　ぼくの時計も名越の時計も正確に時を刻みつづけているよ。だってアジトのある場所は……中国の蘇州じゃないか」

観客が騒然とした。ここは中国？　わたしは目を丸くしてハルタを見る。成島さんも藤間さんもぽかんとしていた。

「ぼくたちは最終的に中国の蘇州に密航してきたんだ。九州から千キロほどの距離だから、名越の電波時計が補正したんだよ、日本の時刻にね。日本との時差は一時間。つまりアジトのある現地時間は十時五十五分。名越の電波時計がさす日本時刻は十一時五十五分になる」

観客がざわついている。どういうこと？　そんな声がもれた。草壁先生が立ち上がって、みんなに説明をはじめたのでわたしは聞き耳を立てた。電波時計の修正距離は東北と九州にある電波送信局から千―千五百キロメートル以内。近隣の国に国内用の電波時計を持っていった場合、現地の標準時に時刻を合わせても時計が元の国の送信局信号を拾って、元の国の標準時刻に修正してしまう場合がある。カナダやアメリカといった補正範囲外のところでも、日本時刻に修正されてしまったケースもあるという。

名越の顔がゆがんだ。

「ぐっ……そうだった。ここは中国だったな」

潜伏しているアジトの場所がハルタの一言で変わった！　観客から大きな拍手が湧く。

「ここは中国なんだ。そして時間はまだ十一時前」ハルタがいった。「だから真上の部屋の住人が帰ってこないからといって、成島さんを疑うのはまだ早いんだ」

そのとき、ハルタの背後から肩をつかむ大きな手があった。マレンだった。

「なぜ……中国の蘇州なんだ？　時差が一時間ある場所は、他にもあるじゃないか。広州《こうしゅう》や、北京や、上海。……なぜ蘇州なんだ？」

「意味はあるよ」ハルタがマレンの手を戻す。「それよりみんな、ぼくたちはもっと大きな問題に直面しているんだ。そのことに気づいていないのかい？」

「ど、どういうことだ？」うろたえながら名越が返す。

「時効延長だよ。ぼくたちが国外の中国にいる限り、時効期間はカウントされないんだ。いまこの瞬間を切り取った場合、ぼくたちは永遠に終わらない時効十五分前の世界にいる」

「な、なな、なんだって！」

「そう。ぼくたちの罪は消えない。ぼくたちが偽造したお金でたくさんのひとが不幸になった。時間がそれらの悲しみを消してくれるなんてただの思い上がりでしかない。ぼくたちはこの中国で一生罪を抱えながら生きていく。そう決めたんだ」

　名越が言葉を失っている。ハルタはつづけた。

「ただここには、六人の犯行メンバーの他に、もうひとりの人間が交じっている。その人間は無関係だから解放してあげたい」

「六人の他に、ひとり？」名越が動揺した。「ちょっと待て。このアジトには俺と藤間とマレンと、上条と穂村と成島の六人しかいないだろう？」

「七人いるよ」

ハルタは微笑むと、わたしたちには見えない人間を招くジェスチャーをした。

「紹介しよう。中国人メンバーの王《ワン》ちゃんだ」

観客が静まった。草壁先生がなぜかひとりで笑っている。次第に意味がわかってきたのか、笑いは全体に広がった。

「犬がワン？　ワンが……。そんなはずはない、ワンは犬だ！」

名越が唾《つば》を飛ばして叫ぶ。

わたしは理解した。事前にハルタが決めた「いってはいけない言葉」とは「犬」だった。最初に連れてきたのは犬じゃなかった。一言も犬なんていっていない。みんなでワンちゃんと合わせた。勝手に間違えたのは名越たち演劇部のほうだ。くだらないけれどハルタらしい。確かに王って中国人の名前にはある。客席に目を向けた。盛大な拍手。観客はわたしたちを支持してくれている！

「ちなみに中国人メンバーの王ちゃんの協力のおかげで、ぼくらは中国に密航できたんだ。ありがとう、王ちゃん」

観客はまだ楽しそうに笑っていた。そしてハルタは静かにマレンと対峙した。名越も成島さんも黙って見つめる。笑い声がやんだ。

「マレン、六人の犯行メンバーの中に中国人はふたりもいないんだ。つまりどちらかが無関係の人間になる。最初を思い出してほしい。ぼくが口にしていた中国人メンバーとは王ちゃんのことなんだよ。この状況で外に出るうっかり者だから、ぼくはドジといったんだ」

「あ……」

マレンが後ずさった。

「きみは自分のことを『いいよ、中国人で』と認めた。つまり六人の犯行メンバーと無関係な人間はきみになる。だからきみをこの蘇州の地で解放する。一生犯罪者でいるぼくたちと陽のあたらない場所で過ごしたければ、納得のいく理由を話してほしい。きみに会いたいひとや叶《かな》えたい希望があるのなら、自分の家に帰るべきだ」

「帰る家って……どこに？」

マレンの口から震える声がもれた。

「このアジトの外は蘇州だ」

マレンはなにかをいおうとした。喋《しゃべ》ろうとしているのだが、なにかが込み上げてきて言葉にできない。そんな顔をしていた。きょろきょろと首をまわし、助けを求める目を名越に向ける。しかしなぜか名越は助け船を出そうとしない。

「——そうか、マレン。手ぶらで蘇州に放り出されることを心配しているんだね。きみには当面の生活資金を入れたジュラルミンケースを用意してある。ダイヤル錠で鍵《かぎ》がかかっているんだ。いまからきみにその暗証番号を教える」

ハルタはマレンに近づくと、観客には聞こえない声でささやいた。わたしはその言葉を耳にすることができた。

「四桁《けた》の暗証番号は九〇八九。中国語の語呂合わせで読むと『求你別走』。『行かないでほしい』という意味だ。きみはいらないものとしてこの世に生まれてきたわけじゃない。ふたつの故郷、ふた組の両親を、大切に思ってほしい。名越とぼくの願いだ」

ぐっとマレンの喉《のど》が鳴った。表情を崩すまいとして顔が悲しくゆがみ、再び名越のほうを向いた。名越が目を逸らしてつぶやく。

「家に帰って確かめてこい」

マレンは退出した。


「確かに中国では不思議とケニーGの曲を聴く機会が多いね。サックスは日本と比べてはるかにポピュラーな楽器になっているんだ」

体育館で折りたたみ椅子を片付けながら草壁先生が話してくれた。

「あの」と成島さんが近づき、わたししかそばにいないことを確認してから口を開いた。

『ふた組の両親』って上条くんがいったのを耳にしました。……先生はなにか知っているんですか？」

草壁先生は薄く笑ってこたえる。「そういうことは、いつかきみが、本人の口から聞いたほうがいいよ」

成島さんは頰を赤らめてうつむく。

わたしはハルタから断片的に聞いていた。

ひとりしか子供を産んじゃ駄目。現代では実質のないような制度。でも、ひとり目しか戸籍を与えられないその制度は、十五年くらい前、ある田舎のある一族に悲しい亀裂を起こした。跡継ぎの長男の存在は絶対。もし長男がなにかの病気や障害をもって生まれた場合は……。ごく一部のケースで不幸が存在した。

マレンは――

わたしは折りたたんだ椅子を持って、ステージ下の収納スペースに向かう。退出ゲームのシナリオを考えた三人は、わたしがいわなくてもわかるでしょ？

スライド式の台車を押すハルタと名越を見つけた。

「いいのか？　マレンが演劇部から去ることになっても」

ハルタが遠慮がちにいうと、名越が手をとめた。天井を仰ぎ、見つめている。

「俺か？　俺は満足しているよ。あいつの最初で最後の舞台を演出できたんだからな」

5

蘇州の風は冷たい。

あれから僕は学校を休んで三泊四日の旅行にきていた。旅行の最終日、パパとママに頼んで僕はひとりで行動した。弟の家は比較的簡単に見つけることができた。郊外にある裕福そうな家。遠くからしばらく眺め、記憶に焼きつけてから踵《きびす》を返した。

それから僕は苦労して一番近い郵便ポストを探した。弟に宛てた一通の手紙を投函《とうかん》するためだ。とりあえず僕は「故郷」に帰ってきた。そのことを知ってもらいたかった。

お互い「両親」は違う。

しかしお前の兄であることはこれからもずっと変わらない。いつかふたりが自立して、お互い自由に会えるようになったとき、サックスの共演も悪くないね。手紙にはそう書いた。

エレファンツ・ブレス

・かめのぞき
・とまりこん
・きくじん
・ふたあい

以上がなんの名前かわかる？　じゃあ、もうすこしわかりやすいものを挙げてみるね。

・ゆるしいろ
・思ひのいろ
・しろころし（白殺し）
・ひそく（秘色）

そう――色の名前。色彩辞典にもちゃんと記載されている色の名前なの。中には「クレオパトラ」や「サムライ」なんて人名や一般名詞を元にした奇妙な名前もある。

無論これらの名前と色見本を照らし合わせて納得できるかどうかは別。「尼さんの腹《ナンズ・ベリィ》」は白に近いピンクだけど、尼さんのお腹が実際に薄いピンクというわけじゃない。「妖精《ニンフ》の太もも《ズ・サイ》」は淡いピンクだから、これならまだわかるけどね。

たぶんこのふたつの色を名付けたひとは、間違いなく男のひとだと思う。男のひとなら色の名前に女性の裸を結びつけるのはわかる気がする。だってみんなエッチだもん。

いまは色の名前が出揃っている状況だけど、何百年、何千年も前のひとは違った。はじめて出会う色があった。そこにロマンを感じると思わない？　その感動や驚きを色の名前に託し、世界中のひとびとと共有できるようになるまで、途方もない時間を要したんだと思う。

その結果が奇妙な色の名前だとしても、意味が不可解なもの、発想が奇抜なもの、由来が面白いものなど、奇妙に感じる理由はいろいろあるわけで、色見本と比較して創作者の想像力やその色が辿《たど》った運命にふれてみるのもいい。

しかし世の中には、色見本が明らかにされず、奇妙な色の名前だけが残されているものもあるのです——

1

わたしの名前は穂村千夏。むくわれない片想いまっしぐらの高校一年生。恋のライバルは最低、ありえない。でも女のわたしが負けたらと思うと、恐ろしくて夜も眠れないときがある。おかげでもうすぐ悟りを開けそうだ。実は、先生を追いかけているわたし自身が好きなの！

うなれフルート。

わたしのフルート。

この切ない気持ちをメロディにのせて。

届けわたしの恋のサスペンス。

廊下からパタパタと足音がして、空き教室の後ろの引き戸がガラッと開いた。「穂村さん。具合が悪くて寝ている生徒がいるんだから、もうすこし静かにお願いね」隣の保健室の先生が申し訳なさそうに顔を出す。わたしはフルートを下唇から離し、「えへへ。すみません」と謝った。昼休みの練習につい力が入りすぎてしまった。

三月初旬、終業式まであと二週間。

わたしは窓を閉め切った空き教室でひとり練習をしていた。

一ヵ月のフルート教室を終えて、それまでつまらなく思っていたロングトーンと音階練習が不思議と楽しくなっていた。表情をほころばせながら譜面台のテキストを眺める。フルート教室で使っていたもので、基礎練習のテキストといえど吹いていて気持ちがいいし、綺麗《きれい》なメロディになっている。草壁先生がフルート教室を通してわたしに学ばせたかったのは、こうした工夫なのだと知った。

ティッシュで洟《はな》をかみ、フルートを下唇と顎《あご》の間の窪《くぼ》みにあてる。

最近、うれしいことが立てつづけに起きていた。

新入生の歓迎式典の演奏曲に「ノースウッド」が加わったのだ。そう。マレンが正式に入部したの。高音域のアルトサックス。鋭くてやさしい音色。それでいて野性味あふれる男性的な音色。吹奏楽部の編成の音の表情が一気に変わるほどのインパクトがあった。

高校からフルートをはじめたわたしは、マレンの入部でハードルを上げようとするみんなの足を引っぱりたくない。そんなわたしにできること。それは、時間を空けずに毎日練習すること。朝練、昼練、部活動、自宅練習。一日四回。音の出が悪い日は調子が出るまでとことん練習する。

さあやるぞ。とことん、とことん、とこ……パタ、パタパタ？　廊下から足音が迫ってきて後ろの引き戸がガラッと開いた。「ちょっと静かにしてよね」今度は進路相談室にいた二年生の女子生徒たちが迷惑そうに顔をのぞかせ、「すみません……」とわたしは縮こまる。

彼女たちが去る足音を聞きながら、ティッシュで洟をかんだ。そばにあるゴミ箱は丸まったティッシュで山盛りのポップコーンみたいになっている。本当はいつもの駐輪場や、ハルタたちがいる屋上で思いっ切り練習したいけれど、重度の花粉症のわたしにとってそれは拷問に近い。なにより今日みたいに風のある日の屋外は、フルートの練習にむかないのだ。かといって音楽室はいま、草壁先生のもとでマレンが集中して練習している。校舎でひとりで練習できる場所を探して、ようやく見つけたこの空き教室も潮時かと思った。

あーあ。どうしよう……

三度《みたび》、後ろの引き戸がガラッと開いてびくっとする。

「一年二組の穂村千夏はここか」

生徒会執行部のトップが立っていた。日野原秀一《ひのはらしゅういち》。全校集会で必ず見る顔だ。

「すみません。ほんっとにすみません。すぐ出て行きます」

譜面台を折りたたもうとするわたしを、

「待て、待て」

と日野原さんが腕を伸ばしてとめようとする。

わたしはフルートと譜面を胸に抱いたまま、恐る恐るこの学校の独裁者の顔を見上げた。壇上での弁舌は爽《さわ》やかで、先生の信頼は厚い。しかしそれは表の顔で、裏の顔は血も涙もない。文化部のすくない予算配分を「誤差範囲だから」とあみだくじで決めようとした適当さも併せ持っている。

「昼休みの間、ずっとお前を捜していたんだ」

日野原さんが腕組みして勝手に怒っている。鋭い眼差《まなざ》しに猟犬のような引きしまった身体つき。身長は百八十をゆうに超えるから、運動部の屈強な部員たちにも舐《な》められずに済んでいる。

「なにかご用ですか？」

「用があるから捜したんだ」

いいながら日野原さんは腕時計に目を落とした。ドルチェ＆ガッバーナだった。わたしは壁かけ時計を見る。昼休みの終わりを告げる予鈴まで、あと十分。

「時間がない。手短にいうぞ。今日の放課後、俺に付き合え」

「手短すぎます」

「ちゃんとした生徒会の業務だ」

「わたしに？」思わず眉《まゆ》を寄せる。

「生徒会のメンバーに任せられない仕事がある。いわば、特命を穂村に頼みたい」

ますます疑わしげに眉を寄せる結果になった。

「なんだ、その面白い顔は」

「なによ！」

「文化祭の準備期間で起きた結晶泥棒騒ぎ、一年の穂村が見事解決したことは俺の耳にも入っている。その明晰《めいせき》な頭脳をもう一度、この学校の問題解決のために役立ててみる気はないか？」

あれはハルタが……といい出そうとしたところを、つづいた日野原さんの声に塞《ふさ》がれる。

「タダ働きしろとはいわない」

「え」

おもむろに日野原さんは、わたしから譜面を取り上げて眺めた。

「吹奏楽部の片桐から聞いたぞ。穂村は個人練習の場所取りに苦労しているんだってな」

わたしは黙り込む。花粉症や風のせいだけではない。今日みたいにまわりに迷惑をかけそうな室内練習では、アンブシュアで歯を閉じて吹くようにして運指を中心にすればいい。だけどはじめてまだ一年未満のわたしがそれをやりすぎると変な癖がついてしまう。ただでさえ自宅練習でしているのだ。だから学校での練習は、自分の音色を確立するまで思いっ切り吹くことに決めていた。

「俺がなんとかしてやってもいいぞ」

その言葉を聞き逃すまいと、わたしは上目遣いになる。「いま、なんて？」

「グラウンドの隅にコンクリート造りの古い体育用具室がある。窓を閉め切ればちょっとした防音室に早変わりだ。どんなに吹こうが、泣こうが、わめこうが、外に漏れない」そして日野原さんは小声で付け加えた。「……独房みたいだがな」

「あそこの鍵《かぎ》をくれるの？」

「俺の権限で、花粉症の季節が終わるまで根まわししてやってもいい」

わたしの顔に光が射した。抱えていた譜面が足元にぱらぱらと落ちる。

「なんだ、その面白い顔は。わはは」

「なによ！」

時間が五分前に巻き戻った気がして、わたしは屈《かが》んで譜面を拾い集める。

「でも……。今日の部活、休むことになるんでしょ？」

「長引けばな。すべてはお前の働き次第だ」

いくらワンマンの生徒会長の頼みといえど、特命だなんて説明しづらい理由でわたしひとりだけ休むのは気が引けてきた。みんなに後れをとるのも怖い。四月に入学式の演奏、新入生の歓迎式典、五月には定期演奏会を復活させようという計画もある。

日野原さんが大きく息を吐いた。

「よく考えろ。俺が提供する体育用具室を効率よく活用できれば、今日一日くらいのロスはすぐ取り戻せる」

「なんでそんなことがいえるの？」

「お前は上達が早そうだ」

そういって日野原さんはさっき取り上げた譜面を返してくれた。フルート教室の先生の指示や教えが、色ペンを使ってカラフルにびっしりと書き込まれている。

「顧問の草壁先生と部長の片桐には話を通した。本人がよければと了承もとってある。この際、生徒会執行部のためにひと肌脱いでみたらどうだ？」

「……わかったわよ」

「よし。それじゃあ放課後、視聴覚室に集合だ」

要求を押し通した日野原さんが歩き去って行く。二年生の先輩だからといって、いうことがいちいち命令口調でなんだかやりにくい。唇を尖《とが》らせると、日野原さんの足がぴたっととまった。

「ひとついいか？」

「はい！」

「まわりに迷惑かけてまで、ひとりの練習に固執する理由はなんだ？」

上から見下ろす視線に、下々《しもじも》のわたしはしぶしぶ話す。すると意外な反応が返ってきた。

「理由は他にもあるんじゃないのか？」

「え」

「俺にはどうも、穂村が依怙地《いこじ》になっているように思えるんだが」

痛いところを衝《つ》かれた。ずっと引きずっていたことを思い出す。フルートを吹くので精一杯なわたしは、いまだに譜面になんの音が書かれているのか頭で理解しきれていない。

理論で理解しているハルタと成島さんに教えてもらおうとしたことがあった。下手《したて》に頼んだ。なのにふたりの態度は納得いかなかった。丸暗記すれば？　丸暗記がいいわよ。初心者だからといってあんまりだ。

結局、無関係の日野原さんにぽつぽつと胸の内を明かしてしまった。

「上条や成島が正しい」

「は？」

お前も敵だ、と指さそうとすると、日野原さんは踵《きびす》を返した。

「譜面の調なんて全部で三十くらいしかないんだろう？　英単語を覚えるより簡単だ」

わたしは瞬《まばた》きをくり返して日野原さんの背中を見る。そうだったんだ……。それにしても、いったい何者なんだろう、このひと。

「あの」わたしの声は変わっていた。「特命ってなんですか？」

ふり向いた日野原さんの横顔に暗い影が落ちる。唇がゆがみ、忌ま忌ましそうに吐き捨てた。

「……発明部が問題を起こしたんだ」

放課後、視聴覚室で日野原さんがビデオのリモコンを操作した。

マスクをしたわたしは、椅子に座ってブラウン管を眺める。

発明部。わたしにとってその存在は謎に包まれていた。入学式のあとの部活動勧誘ではいっさい名前を聞かなかったし、文化祭の実行委員にいたっては最後まで難癖をつけて協力しなかった。普通そんなことをすれば総スカンを食らうものだが、あのときはだれひとりとして文句をいわなかった。腫《は》れ物にさわるような扱いだ。

ビデオが再生されて、日野原さんが解説をはじめる。

「うちの発明部の部員は五名。うち三名は幽霊部員、実質ふたりで活動している」

「……ふたり？」

「二年五組の萩本肇《はぎもとはじめ》と一年四組の萩本卓《すぐる》」

「兄弟なの？」

「ああ」日野原さんはうなずいた。「この学校の恥部だ」

ひどいいわれようだ。日野原さんに促されてブラウン管を注視する。地元テレビ局のドキュメンタリー番組の録画映像が流れた。よく見ると去年の放送だ。思わず身を乗り出す。

「え、なに？　テレビに出たことあるの？」

「去年うちの学校の生徒でテレビに出たのは、インターハイ出場した陸上部選手とこいつらくらいなものだ」

画面にロボット・アイガモというテロップが流れた。日野原さんの説明が入る。

「無農薬米の栽培でアイガモ農法というものがある。水田にアイガモを放して、害虫を食べさせたり除草をさせるんだ。アイガモが泳ぎまわることで泥の中に酸素を送り込み、水が濁ることで日光をさえぎって雑草を生えにくくする。いいことずくめだ」

「へえ」ひとつ賢くなった気がした。

「だがアイガモには天敵が多数存在する。とくに子供のアイガモはカラスに狙われて運用が非常に難しい。そこで岐阜県情報技術研究所がアイガモロボットを開発した。これは全国区のニュースになった」

画面には、水田のまわりでゼッケンをつけた高校生たちが自作と思えるロボットの調整を行っていた。タレントと思える女性レポーターがマイクを持って順番にまわっている。

「なにがはじまるの？」

「地元のテレビ局と農協が組んで、アイガモロボットのアイデアをパクってコンテストにした。高等専門学校や普通高校の生徒のひたむきな努力を取り上げ、農家の実態もクローズアップでき、安易な感動をドキュメンタリー形式で撮影できるという一粒で三度美味《おい》しい企画だ」

「なんてことを……」

画面に作業着姿の怪しい兄弟が映った。お父さんの本棚にある『巨人の星』という漫画文庫で、似たようなキャラクターを見たことがある。ああ、思い出した。左門豊作《さもんほうさく》というスラッガーだ。チビの左門豊作。しかもクローンみたいにふたりいる。

「こいつらが萩本兄弟だ」

「やっぱり」

兄と弟の区別は微妙についた。マイクを向けられた萩本兄弟は自己主張するわけでもなく、こそこそした素振りで背を向けてしまった。女性レポーターの目には可愛げのない取材対象に映ったのだろう。すぐマイクは他の従順そうな生徒たちに向けられた。

この時点で映像が生中継を録画したものだと気づく。

コンテストがはじまり、各高校のユニークなフォルムのロボット・アイガモが水田を疾走した。しかしリモコンの操縦ミスで転覆したり、身動きがとれなくなるものが続出する。

「水田の中を自由自在に動きまわらせるのは簡単じゃないんだ。防水対策、モーターの容量の選定、機構のイナーシャ比の計算、バランス調整が非常に難しい」

日野原さんのいう通り、はじまって十分もしないうちにコンテストの続行が不可能な状態に陥った。

「こんなことはテレビ局も事前にわかっていたことだ。見ろ、このしたたかさを」

女性レポーターが嬉々《きき》とした表情で失敗した高校生たちにマイクを突きつけていく。本当に嬉《うれ》しそうだ。高校生は『このロボットを後輩たちに引き継いで改良してもらいます』と涙ながらに訴え、ギャラリーの温かい拍手と声援が送られる。なるほど。こういう筋書きか。

生中継も無事終わろうとした、そのときだった。

突如として会場から悲鳴が湧いた。泣き叫ぶギャラリーの子供たち。田園を滑るようにして疾走する多関節ロボット。逃げ惑う本物のアイガモ。奇妙なしましま模様のへびが水田を疾走していた。いつの間にか上空には、カラスの群れがぎゃあぎゃあと集まっている。その禍々《まがまが》しい光景は放送事故すれすれだった。

日野原さんのいまにも泣き出しそうな声がもれる。

「……アイガモに似せたロボットが出場規定だが、萩本兄弟は隠し持っていたんだ。というより、はじめからへび型ロボットで勝負する気だったらしい」

『あれはへびではない。うみへびだ』と屁理屈《へりくつ》をいう萩本兄。『アイガモと共存する必要などない！』と操縦をする萩本弟。リモコンのボタンが押されると、うみへびロボットはくじらのごとく水田を跳ねた。『フォーカス！』と叫ぶ萩本兄。

カメラが慌てて切り替わり、スタジオに戻った。司会者がハンカチで額の汗を拭《ぬぐ》っている。

「ちなみに水田を跳ねたうみへびロボットは、カラスがタイミングよくくわえてどこか遠くへ飛んでいったそうだ」

そして日野原さんはリモコンを手にしたまま四つん這《ば》いになり、

「……頼む。だれか、あいつらを退学にしてくれ」

わたしはテレビとビデオの電源を切り、帰り支度をはじめる。

「おい、待て。どこ行くんだ？　戦場の敵前逃亡は死刑だぞ」

「どこの戦場よっ。いやよ、いやっ。どうして頭のおかしな連中ばっかり、わたしのまわりに集まってくるのよ！」

「待て、待て、落ち着け。ほら、大きく息を吸って」日野原さんがわたしの両肩を押さえて無理やり椅子に座らせる。「俺はまだお前に特命の内容をいっていないぞ」

「……もう帰りたい」わたしは涙ぐむ。

日野原さんは指し棒を両手に持ち、視聴覚室の壇上に立った。薄暗い視聴覚室の雰囲気と相まって、さながら工作員に指令を出すスパイ映画の上官のようだった。

「さて。いまのビデオを見て、発明部の活動についてなにか気づいたことはあったか？」

わたしはそっぽを向いて黙った。

「おやおや。そんな非協力的な態度では、明日もつづいちゃうぞ」

わたしは真剣に考える。「……技術力はずば抜けて高そうだけど」

「どの点で？」

「カラスがくわえて飛んでっちゃうところ」

日野原さんがわたしを真正面から見た。「そう、そこだ。軽量化。小さなパーツの多関節だからこそ、急角度の旋回でも転覆せず、泥をよくかきまわすんだが、それを一個の小型モーターで実現している。あいつらは番組の趣旨に背いたが、理にかなった発明をしていたんだ。さすが穂村だ。目の付けどころが他の生徒と違う」

「いやあ、それほどでは」過剰解釈だが、日野原さんを失望させずに済んだことにほっとする。

「次。やつらが抱える問題点はなんだと思う?」

部の存続といおうとしてやめた。たぶん彼らは頓着《とんちゃく》していない。だからこそ新入生の勧誘を行わなかったし、文化祭の実行委員の手伝いもしなかった。兄弟で発明できる場所があればどこでもいいのだ。となると、あとひとつくらいしか浮かばない。

「資金源、かな」

日野原さんは満足そうにうなずいた。「あいつらのレベルの発明には金がかかる。発明部の年間予算は最低金額の五千円。吹奏楽部と違って補正予算も認めていない」

それはあんまりだ。

「だから萩本兄弟はバイトをして部の運営費をまかなっている。文化祭の手伝いをいっさいしなかった理由は、短期集中の総菜パン工場のバイトをしていたからなんだ。あの期間の購買の焼きそばパンは萩本兄弟がつくっている。肉を多目に入れてくれたそうだ」

食べたことがある。なぜか味付けカルビが入っていて、みんなで不思議がった覚えがある。

「可愛いところ、あるじゃない」

「まあな。性格と思考回路に問題はあるが、あの兄弟なりに気を遣って学校生活を送っているんだ。多少の集団協調性のなさは、目をつぶってやってもいいと思っていた」

「思っていた？」わたしは首を傾げる。

「過去形だ」

「看過できないことを、彼らはしちゃったの？」

「しちゃったんだ。部活動の基本理念を大きく踏み外した。発明品の個人売買だ。学校のホームページの掲示板で、生徒限定で極秘に販売をした。一個一万円の取引だ」

「いちまんえん？」

「停学処分ものだ。学校側より先に生徒会のメンバーが見つけてくれたから表沙汰《おもてざた》にならなかった。萩本兄弟は俺の前で土下座して謝ったよ。あまりに泣き顔が汚いので、発明品を購入した生徒に返金をして、お互いなかったことにすれば、今回だけは揉《も》み消してやる気になった」

またしてもひどいいわれようだ。しかし呆気《あっけ》に取られながらも感心する。高校生の発明品が正当に評価されて、一万円のプライスタグがついた。それってすごいことじゃないの？

「発明品の名前はオモイデマクラ」

「思い出……枕……？」

「本人が見たい夢を、事前に操作して見られる魔法の枕だ」

わたしはのけぞった。霊感商法やカルト宗教団体の壺《つぼ》じゃあるまいし、そんなものに一万円も払った生徒がいるのか。売るほうも売るほうだ。

「……それは確かに見過ごせないわね。下手すると詐欺事件だわ」

「そう思うか？」

日野原さんの意外な反応に、わたしはきょとんとする。思わず椅子に座り直した。

「どういうこと？」

「オモイデマクラのロジックを知ればひっくり返るぞ。購入した生徒は二名。すくなくともその二名は納得して買った。この問題は思ったより根が深い」

わたしは息をつめる。日野原さんは壇上から下りると、わたしの荷物を片手で持った。

「さあ、行くぞ。発明部の部室に」

2

文化部の部室があてがわれている旧校舎の一階に着いた。普段、南京錠がぶら下がっている教室が発明部の部室だと知る。日野原さんが引き戸をノックした。反応はない。「入るぞ」といって教室に足を踏み入れた。わたしも恐る恐るあとにつづく。萩本兄弟はいなかった。

壁にグラハム・ベルの肖像画があった。

「あいつらはエジソンを認めていない」

日野原さんがいい、わたしは一刻も早く立ち去りたい衝動に駆られる。

部室を見まわした。ドライバー、ケーブル、半田ごて。男子の技術科の教科書に載っている工具類や、発明品と思える珍品がキャビネットに整頓されていた。書籍も多い。電気回路からマシン言語、戦争と平和、生物化学兵器の大罪、世界の超常現象といったタイトルまである。

「俺が小学生だった頃だ」おもむろに日野原さんが語りはじめた。「萩本兄と同じクラスだったことがある。あいつはあんな容姿だから笑われることが多かった。だが笑われてきたやつほど、打たれ強い。俺みたいに結果主義や完璧《かんぺき》主義で育ってきた人間とはバイタリティが違う。将来の成長性は明らかにあいつのほうが上だ」

首をまわして日野原さんを見る。なんだかんだいって萩本兄を認めているのだ。そして自分に欠けているものを、素直に受け入れる誠実さがある。

五分ほど待っていると部室の引き戸が開いた。

作業着姿の萩本兄弟だった。日野原さんの姿を目にとめた彼らの動きは素早かった。野球のホームベースにヘッドスライディングするような勢いで日野原さんの足元に土下座した。

「ひぃぃ。僕らが悪かったんです」

「ゆ、許してくださぁぁい」

「寄るな、近づくな。この、夢も希望もない虫けらどもめ」

さっきの言葉はなんだったんだろう、とふと思う。気づくと上目遣いをする萩本兄弟と目が合った。初対面のわたしはぺこりと頭を下げる。お代官さま〜隣の生娘は？　そんなむかむかするような、へりくだったアイコンタクトが日野原さんに送られる。

「一年二組の穂村千夏さんだ。今回のキモイお前らが起こした問題解決のために協力してくれることになった。本来ならいくら輪廻《りんね》転生しても口を利いてもらえないような才女だぞ」

わたしは慌てて首をふるが、へへー、と萩本兄弟が床に額を押しつける。

「ちょ、ちょっと待って。ね？　話を整理させて。自分たちがつくった発明品をこの学校の生徒に売った。そこまではわかる。事情を話して返金すれば済む話じゃないの。逆の立場ならともかく、なにが問題なの？」

「匿名売買だ」日野原さんがこたえる。

「……匿名？」とわたし。

「あの。会長に報告があります」控えめな声で割り込んできたのは萩本弟だった。「購入者のひとりが見つかりました」

「なに？」

「ハンドルネーム『砂漠のうさぎ』からです。さっき、暗号で仕様の問い合わせがあったんです。嘘の不具合連絡をしておきましたので、もうすぐこの部室にやってくると思います」

なんだか面倒くさそうだ。

「じゃあ、あとひとりの身元がわかって返金できれば、この問題は隠蔽《いんぺい》、もとい解決だな」

「へえ」

投げやりな返事をすると、日野原さんが首をひねってわたしを見る。

「穂村。こいつらが販売した発明品をどう思っている？」

ええと。本人が見たい夢を、事前に操作して見られる魔法の枕——

「ドラえもんの秘密道具にもなれない珍品、みたいな？」

日野原さんはため息をついてみせ、まだ土下座をつづけている萩本兄弟を見下ろしていった。

「おい、お前らが開発したオモイデマクラの仕様をわかりやすく説明して差し上げろ。そのほうが早い」

萩本兄弟が顔を見合わせる。ふたりとも一瞬目が泳いだ。

「に、兄ちゃんがプレゼンするんだ」

「え、俺……」

「いい機会じゃないか。この発明品はいつか日の目を見ることになる。学会発表の予行練習と思ってやればいいんだよ」

「卓、お前……」

「さっさとやれ」日野原さんが容赦なくふたりを蹴《け》る。

萩本兄が発表者、萩本弟が共同演者という形でホワイトボードの前に立った。日野原さんとわたしはパイプ椅子に座って静聴の姿勢をとる。

萩本兄は後ろで手を組んだまま、まぶたを閉じていた。話をどうまとめようか苦しんでいる姿にも、ただもったいぶっている姿にもとれる。やがて細い目になって天井を眺めた。日野原さんがイラッとした態度を見せたとき、萩本兄はようやく厳《おごそ》かに口を開いた。

「人間は一生のうちで三分の一以上を睡眠に費やしている」

プレゼンがはじまった。

「そして睡眠の中でさまざまな夢を見る。夢の世界に必然は存在しない。膨大な夢という時間が偶然で支配されている。すなわち人間が、唯一自分の力で管理できない時間が夢の時間である。そこで見たい夢が、事前に操作して見られる枕があったらどれほど素晴らしいことだろうか？　我々が開発に成功したオモイデマクラは、『現実にあった思い出』を夢の中で再生できる枕なのである。たとえば初恋、たとえば青春の一ページ、そんな宝物のような思い出の引き出しを、夢の中で自在に開けられる枕なのである。高校生ならではの柔軟な発想力と、なにがあっても未成年で逃げ切るタフさによって開発に成功したのだ」

未成年で逃げ切るタフさ……。恥ずかしくなったわたしは自分の膝《ひざ》をぎゅっとつかんでうつむく。

「穂村。真面目に聞け」日野原さんが小声でたしなめてくる。

「なによ」わたしはささやく。

「これは第三者による夢の操作だ。SF小説の中でしかお目にかかれない化け物級の発明を、高校生のこいつらがやってのけたんだ」

訝《いぶか》しげな顔を返し、仕方なく萩本兄の説明に耳を傾けようとすると、廊下からこっちに向かって走ってくる足音が聞こえた。日野原さんがぼそっともらす。

「ふん。購入者のひとりがきたようだ。これで役者が揃ったな」

どこの馬鹿だろう。わたしは部室の引き戸を注視する。引き戸が壊れるほど勢いよく開いた。枕を脇に抱えた男子生徒が、顔を怒りに染めて飛び込んでくる。

「不良品だって？　聞いてないよ！」

ハルタだった。わたしは椅子からずり落ちた。


「この吹奏楽部の恥さらしが」

わたしはハルタの胸元をつかんで激しく揺さぶった。がくがくと茎が折れたひまわりみたいに、ハルタの頭が前後に揺れた。それでも枕を離さない。

「なんでチカちゃんがここに――」

「爆弾持ってこい。あんたを殺してわたしも死ぬ」

「落ち着いて、落ち着いて」

急に洟《はな》が出てきた。くしゃみもとまらなくなる。花粉症の薬が切れた。膝をついてティッシュで洟をかみ、慌てて鞄《かばん》に手を伸ばそうとすると、目の前に萩原兄の手のひらが差し出された。怪しげな丸薬が載っている。

「我々が開発した特効薬だ」

なんでもありか。わたしは払いのけ、鞄から取り出した薬を手のひらに空け、そのまま口へ放り込んで喉《のど》をならした。新しいマスクを探している間、日野原さんがハルタに簡単に事情を話していた。

「……そういうことですか」枕を抱えたハルタがうなずく。

「上条も協力してくれるか？」と日野原さん。

「ぼくがお役に立てれば」ふたりは握手していた。

「まだいたの？　とっとと枕を焼却炉で燃やして、一万円札にぎって帰りなさいよ！」

懲りないハルタが椅子を引いてやってきた。「チカちゃん、彼らの発明品はすごいんだって。仕様の説明は聞いたの？」

ホワイトボードの前で萩本兄弟がそわそわしている。日野原さんといいハルタといい、わたし以外の全員が敵に見えた。

わたしひとりの興奮がやまない中、ハルタも交えてプレゼンが再開する。

「さて諸君。使用者の思い出を夢の中で再生するプロセスを説明する前に、学説的に研究されつつあるルシッドドリーム（明晰夢《めいせきむ》）は否定する。ルシッドドリームは思い込みであり、睡眠前の覚醒《かくせい》中の出来事だという可能性があるからだ。たとえば寝る前に好きなひとのことを思い浮かべることがあるだろう？　その妄想を夢と勘違いしているのではないか、と我々は考えている。いろいろと文献を調べたがルシッドドリームはまだ信用できる段階ではない。というか面白くない」

「いま本音が出た！」わたしは椅子から立ち上がって指摘する。

「……まあまあ、穂村。最後まで聞こうじゃないか」となだめる日野原さん。

「……そうだよ。チカちゃん、ここからがすごいんだよ」と朗らかな表情のハルタ。

不承不承と椅子に座ると、萩本兄は咳払《せきばら》いしてつづける。

「またルシッドドリームは本人の継続的な訓練と記憶操作が必要になるので第三者の介入は基本的に必要ない。発明品とは、貴重な時間を短縮できるものでなければならず、あくまで『気軽に』『便利に』が理想なので、発明部としてはこの考えを却下する」

ハルタが拍手して、日野原さんが深くうなずいている。男子ってみんなこうなの？

「兄ちゃん……」萩本弟がささやく声がした。

「なんだ、卓？」

「プレゼンは最初の三分が勝負だよ。脱落者がひとり出そうだよ」

萩本兄がちらっとわたしに目を向ける。え？　わたし？

「実は我々が開発したオモイデマクラを購入するには、ひとつの段階《ステップ》を踏む必要がある。それが匿名性を生む原因になってしまったんだが、使用者は購入前に『思い出申請』と呼ばれる三つのキーワードを発明部に提出しなければならないんだ」

「……思い出申請？」

その風変わりな言葉にわたしは釣られてしまう。

「そう。思い出を申請してもらう」

「なんだ。そんなプライベートなことを発明部に教えなきゃならないわけ？」枕の仕掛けがわかった気がした。「どうせビデオやテープで再現ドラマみたいにして、睡眠学習みたいな仕組みになってるんでしょ？」

いい終えてふと気づく。そんなものにハルタが一万円も払うのだろうか、と。

案の定、萩本兄は両肩をすくめた。「睡眠学習みたいな非科学的なやり方も、発明部としては認めるわけにはいかないな」そして作業着の内側に手を入れる。出てきたのは茶封筒だった。

「なにこれ？」

「思い出申請のサンプルだ。特別に中を見ることを許可しよう」

お年玉をもらった小学生みたいに茶封筒を逆さにふると、中からレシートくらいの大きさの紙切れが落ちてきた。日野原さんとハルタが横からのぞいてくる。

・白　　…　7

・ピンク…　2

・青　　…　1

なんと思い出を三つの色に置き換え、その比率をあらわしたものだった。こんなものを使って、どうやって夢の中で思い出を再現できるのだろうか？

萩本兄がホワイトボードをばんと叩《たた》いて宣言した。

「今回の発明の最大の発想は、夢は三つの色でコントロールできるということだ！」

「そこで顔をしかめている、きみ」

いきなり萩本兄に指し棒で指された。またわたし？

「『いまわのこめふり』という言葉を知っているか？」

突然の質問に多少面食らう。知らない。わたしは首をふった。

「昔、米を食べられなかった百姓が死ぬ間際に、米を入れた竹筒を耳元でふってもらう習慣だ。それによって百姓も納得して死ねるというのだ」

「はあ……」

「アフリカのカラハリ砂漠に住むブッシュマンは、土に穴を掘ってそこに耳を入れて寝る。いついかなるときも身の危険を音によって察知できるようにだ。また昏睡《こんすい》状態で何年も寝たきりだった患者が、肉親の声で覚醒するケースがある。なにがいいたいのかというと、半覚醒状態――つまり夢を見ているレム睡眠時では、五感のうちでとくに聴覚が働いているんだ」

「目覚まし時計の理屈ですよね？」ハルタが挙手して発言する。

「そう。あれは人間の防衛本能を利用している」

「ここに目覚まし時計を三個使っても起きられないひとがいます」ハルタがわたしを指さ

した。

「相当マズいな。野生のジャングルで生きられるかどうか」

もうなにがなんだか。わたしも挙手して質問する。「それで、聴覚と三つの色がどう関係あるわけ？」

「きみは、色のついた夢を見たことがあるかな？」逆に萩本兄に問い返された。

「……あるけど」

「実は学説的に夢はモノクロの世界なんだ。考えてみてほしい。色は光の反射によってはじめて再現される。色がついた夢を見たことがあるといっても、それは記憶の中の色であって、後付けのものに他ならない」

わたしの顔がすこし神妙になるのを、萩本兄は見逃さない。

「つまりきみは、本来の夢のモノクロの世界に記憶のパレットで色を塗っているわけだ。色のない夢を見たというひとは、レム睡眠中にそこまで脳が働いていないことになる。それは主に心身が疲労したときに起こる」

なるほど。

「また生まれてから一度も赤色を見たことのない人間が、赤色のついた夢を見ることは絶対にない」

ふむふむ。

「あくまで記憶のパレットを使えるのはレム睡眠中の本人のみ。それが常識だった。ところがある方法を用いれば、第三者がその記憶のパレットを操作することが可能になる。つまり夢の中の色を強制的に塗り変えられる」

「……ある方法？」もったいぶったフレーズだ。

「ある方法」萩本兄は引っぱるつもりだ。

ここは我慢よね。「寝ている最中に、色の名前を耳元でささやく……のかな？」

萩本兄がぷぷっと笑いを堪《こら》える。「人間がレム睡眠時に認識できるのは音であって言葉ではない。仮に言葉を聞き取れるとして、寝ている本人が美登里《みどり》ちゃんだったらどうするんだ？　緑で起きちゃうぞ」ぶははと笑い声に変わった。

わたしがゆらりと椅子から立ち上がると、危険を察知した萩本弟が丸めた模造紙を持ってきて、ホワイトボードに貼る準備をはじめた。萩本兄は動揺を抑えながら説明をつづける。

「こ、ここで『色聴』という現象を説明したい。聴覚で受けた刺激から、ある特定の色をイメージする反応だ。吹奏楽部にも関連のあることで、そこにいる上条くんは強い興味を示してくれた」

「え」

思わずハルタを見やる。腕組みして座るハルタの目が鋭くなっていた。

「例を挙げよう。映画評論家の水野晴郎《はるお》が解説役を務めていた頃の『金曜ロードショー』というテレビ番組をご存じかな？　わからなければお父さんやお母さんに聞いてみるといい。オープニングで夕焼けの港をバックに、トランペットのソロが流れるシーンが非常に印象的だ。あのトランペットの旋律は朱色、愁いを帯びた赤のイメージを連想させる。だから港の夕焼けのシーンと合っている。もうひとつ例を挙げると、一九四〇年のディズニー映画で『ファンタジア』という作品がある。この革新的な作品は基本的にストーリーがなく、クラシック音楽に合わせて色彩豊かなアニメーションを組み合わせたものなんだ。色彩と音楽を合わせた最高傑作といってもいい。この映画で演奏されるベートーヴェンの交響曲、第六番へ長調『田園』は、全曲が見事に色彩に翻訳されている力作で、確かにこの映画で一番印象に残るのは『田園』なんだ」

そうなの？――隣のハルタに耳打ちする。

観ていないのなら観たほうがいい――ハルタがささやき返す。

「もう一歩突っ込んだ説明をしよう。『黄色い声』という比喩《ひゆ》がある。あの女性特有の甲高い声は音符でいうとラの音で、黄色を認識させるものなんだ。実はこうした『色聴』は一九〇〇年初頭から研究され、統計学的におおまかな法則が成り立つことがわかっている」

萩本弟の手によって、模造紙がスクリーン代わりに貼られた。

ド……赤色
ド♯……紫色
レ……すみれ色
レ♯……濃い青色
ミ……黄金色（太陽のごとき色）
ファ……ピンク
ファ♯……青緑色
ソ……青色
ソ♯……明るい空色
ラ……澄んだ黄色
ラ♯……橙色《だいだいいろ》
シ……鮮明な銅色

「ここに記した以外の低音や高音域、和音などの組み合わせによっても色は変化する。もちろん個人差はあるが、基本的に万人が共通して持つ感覚とみていい」

わたしは模造紙の音階を食い入るように見つめる。目の前を覆っていた霧が急速に晴れていく感覚だった。「……発明ってまさか」

「そのまさかだ」萩本兄はにやりと笑う。「過去の思い出を、記憶や時系列としてではなく、その思い出にまつわる『色』というフックで連想させる。我々は実験の結果、レム睡眠時に脳に働きかける音の限界が三音程度と結論づけた」

「……三音？」

「そう。つまり『三色程度で再現できる思い出』に限る。理由はふたつ。ひとつ目は昔のテレビゲーム、任天堂《にんてんどう》のファミリーコンピュータで遊んでいた世代の大人なら想像がつくが、三色で、しかもその色の比率さえ構成できれば、意外と絵は描けてしまうものなんだ。ふたつ目はクレーマー対策。複雑な情景の思い出はそれだけ色数も増える。そうなると、レム睡眠時に脳に伝える音が複雑になり、思い出の連想もひとによって困難になる。なにより三色という制約を受ければ、使用者は真剣に思い出を回想して考えてくれるだろう？　そのプロセスが重要なんだ」

二枚目の模造紙が貼られた。

〈例題〉桜の季節に出会った初恋のひととの思い出を夢の中で再生したい。

「この場合、桜をピンクで表現してはいけない。よく見ると桜は白を基調にした薄ピンクである。写生すればわかるがほとんど白の絵の具で描けるんだ。だから出会ったひとの服の色が青で、思い出の映像としてシンプルに表現するのなら――」

・白……7
・ピンク……2
・青……1

「このように思い出申請をすることになる。九割の桜のイメージと、一割の青の存在。印象的な思い出なら、これがフックとなって夢の中で連想できる。夢の中の色が一気に塗り変わるから、演劇でいう舞台転換と思えばいい」

　黙って息を呑《の》むわたしの手のひらに、萩本兄は小さな基板を載せた。

「その基板は、思い出申請に基づいた特製子守唄《こもりうた》を発生する」

「子守唄……」

「使用者を目覚めさせない程度のかすかなオルゴールの音色にしてある。枕に内蔵した圧力センサが作動すれば、人間のレム睡眠の平均的な周期に合わせてメロディが流れる。色と音の関連性については再度我々で臨床実験を行い、いまではさまざまな色や濃淡にも対応できるよう、和音や独自のブレンドを取り入れている」

わたしは顔を上げ、敬服の眼差《まなざ》しで萩本兄を見つめる。

「きみに素敵な思い出と、オモイデマクラさえあれば、これからは眠るのが待ち遠しくなるぞ」

わたしは夢遊病者のようにこくこくとうなずく。

「一万円でございます」

蝿のように手を摺《す》り合わせる萩本兄を、日野原さんが横から蹴《け》った。

「なにが臨床実験だ。一刻も早く金がほしいばかりに、お前らと妹の三人で結論を出したくせに」

壇上でハンバーガーのように折り重なって倒れる萩本兄弟を見て、わたしははっと我に返る。「そうなの？」

「そうだ。どうせ商品化するなら、千人くらい臨床実験してから売れ」

わたしはさっきから反応を示さないハルタを不思議に思った。「……あんた、それがわかって買ったの？」

「まあね。色聴の対比表なら一枚目の模造紙にある通り、すでにできあがっているんだ。彼らの発想は一万円でも安い」

「上条、お前はどんな思い出申請をしたんだ？」

日野原さんが興味深くたずねてきて、ハルタは制服のポケットに手を入れた。わたしは

紙切れを渡そうとするハルタの袖《そで》を引き、

「ねえ、ハルタ。他人に見せていいものなの?」

「だいじょうぶ。どうせわかりっこないんだ」

ハルタが指定した思い出申請は次の通りだった。

・橙色（夕焼けの色）…3

・ベージュ…6

・モスグリーン…1

「ふむ。さっぱりわからんな」日野原さんが首を傾げる。

「はじめての給食が、グリンピース入りのミートソーススパゲティだったんだ」ハルタは暮れなずむ窓辺に顔を向けて遠い目をした。

わたしはちっと舌打ちする。わたしとハルタがはじめて草壁先生と会った場所を思い出した。改装中の新校舎。ベージュ色の壁に囲まれた空き教室で、入学式に参加していなかった先生が夕焼けの陽を浴びてぽつんと立っていた。あのとき草壁先生はモスグリーンのセーターを着ていた。とても印象的で、わたしにとってもとても大切な思い出の情景のひとつである。

……待てよ。

「あんた、毎晩夢の中で先生を登場させて、なにをしようとしてたわけ？」

日野原さんに聞こえないように小声でいうと、ハルタが枕をぎゅっと抱きしめてうつむき、そのおぞましさにわたしの全身が粟立《あわだ》った。

「枕買うわ！　わたしも夢の中で参戦する！」

「どうしたんだ穂村、急に」日野原さんが怪訝《けげん》な顔をする。「枕はもう買えないぞ」

「いや、いやあっ。早くしないと夢の中で汚される」

ハルタと枕を引っ張り合うわたしを、日野原さんが後ろから羽交い締めにする。

「落ち着け、穂村。特命を忘れたのか」

「……特命？」

「もうひとりの購入者を見つけて、オモイデマクラの商品化をいったん白紙にする。どのみち上条の枕も返品だ」

「そんな」ハルタが失望した顔をする。「春休みの唯一の楽しみが」

「上条。卒業して自分で金を稼いで、お互い責任を持てる立場になったら完全版を買えばいい」

わたしはようやく乱れた呼気を呑み込んだ。ふり向いて日野原さんを見る。「手がかりはあるの？」

「発明部のこいつらが受け取った思い出申請だ」

「三つの色？」

「まあ、そうだ」なぜか日野原さんが言葉を濁らせる。「一万円の前払いで申請されたそうだ」

「……前払い？」

日野原さんが目配せをして、萩本兄がフェルトペンを取り出した。白紙の模造紙に文字を書き、それをホワイトボードに貼り付けた。萩本兄はいった。

「これが我々が匙《さじ》を投げている、もうひとりの購入者の思い出申請だ」

・エレファンツ・ブレス　…　10
・(なし)
・(なし)

わたしもハルタも目を大きく開いて見つめる。エレファンツ・ブレス……？

「色彩辞典に記載されながら、現在まで色見本が明らかにされていない謎の色『エレファンツ・ブレス(象の息づかい)』。だれも見たことがない色なんて再現できるわけがないんだ」

萩本兄が難渋する表情で吐き捨て、日野原さんがあとを継いだ。

「だが購入者は見たことがある。大切な思い出がエレファンツ・ブレスという一色で染まっている――」

その言葉のつづきにわたしは固唾《かたず》を呑む。いやな予感。

「これが特命だ。この謎を解いて購入者を特定してくれないか」

3

世界で最も権威のある色名辞典に、初版が一九三〇年に発行されたメルツとポールの色彩辞典がある。七千色以上の精巧な印刷の色見本、約四千種類の色名を収録した色名辞典はいまだ他に類はない。「エレファンツ・ブレス」は一八八四年頃から記録され、メルツとポールの色彩辞典では、まったく色がわからないということで取り上げられている。

「……象の鼻息が何色かなんて、わかるわけないじゃないの」

ホワイトボードから顔を離したわたしは、ようやく息を吹き返すようにいった。百年以上も前の変人が想像した象の息の色なんて、考えるだけ無駄だ。

「お前ならわかる」日野原さんが自信ありげにいう。「たぶん、きっと」いま、無責任に放り投げた。

わたしは偏頭痛に襲われそうになる。「……息の色なら、青色なんとかという言葉があったようなないような」

「青息吐息か」日野原さんはまぶたを閉じ、「それだ！」かっと見開く。「全校生徒を検問して、息が青いやつを片っ端から調べるぞ」だれかとめて。

わたしは青息吐息の心境で発明部のふたりを見やる。「だいたい一万円の前金を受け取ってるんだったら接触できてるんでしょ？　ハンドルネームはなによ？　メールアドレスだってあるんでしょ？」

萩本兄が深いため息をつき、難しい顔を返した。「インターネットを使っている限りは、必ず通信履歴のログは残る。ログがあれば理論上、どこまでも足跡を追える」

「どこまでも追いなさいよ」放言を吐いた。

「相手は凄腕《すごうで》だ」萩本兄の目が光る。

「……凄腕？」

「ああ。匿名のスペシャリスト。キング・オブ・匿名だ。パソコンやインターネットの世界にかなり精通している。最初の連絡で自分の足跡を完全に絶った」

わたしは軽く息を呑《の》む。「まさかハリウッド映画に出てくるような凄腕ハッカーが、うちの学校の生徒にいるの？」

「これが最初の打診《ファーストコンタクト》だ」萩本兄は作業服のポケットから一枚の用紙を取り出した。それはオモイデマクラの申込書だった。

新聞の見出しを切り貼りした、脅迫状みたいな体裁になっている。

……アホだ。この学校はアホな子ばっかりだ。

わたしが帰り支度をはじめていると、枕を抱えたハルタが興味深そうに用紙を眺めていた。

「なるほど。世界で最も安全で、身元が割れない連絡手段のひとつだ」

「なんだってえええ！」

「確かにそうだな」日野原さんが追随する。「アメリカに目をつけられている大規模テロリスト犯のネットワークが、実は女子中学生みたいに手紙の切れ端を手まわししているそうだから」

「待って、待って」わたしも急いで話に交ざらなければ。萩本兄につめよる。「じゃあ一万円はどうやって受け取ったの？」

「通常なら発明部が設置した特製お布施箱経由だが、申込書と一緒に部室の引き戸の間に差し込んであった。試しに領収書を同じ場所に差し込んだら、翌日抜き取られていた」

「野生動物を餌付《えづ》けしているみたいで楽しかったね、兄ちゃん」と萩本弟。

わたしは頭を抱えたくなる。

萩本兄も困った顔になる。「問題は、頻繁にオモイデマクラの催促がくることなんだ。

切り貼りの文書で」

それはそれで気味が悪い。

「こっちはエレファンツ・ブレスで悩んでいるのにねえ、兄ちゃん」

「まったくだ。泣く泣く色彩辞典を購入する羽目になった。英文版で三万円。踏んだり蹴《け》ったりの大赤字だ」

萩本弟がキャビネットから大きくて分厚い辞典を持ってきた。「記録だと、エレファンツ・ブレスから八年後にエレファント・グリーン、四十四年後にエレファント・スキンという色が登場しているんです」

わたしたちの目の前でページをめくり、色見本を見せてくれる。

エレファント・グリーンは暗い緑色。

エレファント・スキンは茶色みを帯びた灰色。

「ふうん」と一緒にのぞき込むハルタが口を開いた。「象を狙うハンターの服と象の表皮の色かな。たぶんこの時期、象牙《ぞうげ》が目的の密猟が流行《はや》っていたんだろうね」

「関連性はあると思うか？」日野原さんが横目でたずねる。

「ないと思う」ハルタは即答した。「牙《きば》だけのために命を狙われるんだから、青息吐息と似たような意味合いかと思ったけど、それだと時系列的に合わない」

エレファンツ・ブレス。だれも見たことがない色……

前金を払った匿名の購入者といい、謎がますます深まっていく気がする。

わたしは萩本兄にたずねた。「ねえ、連絡は一方通行なの？」

「こっちからは学校のホームページの掲示板を利用している」

「妙だね——」まだ枕を抱えているハルタが口を挟んだ。「匿名にこだわる理由が」

萩本兄はうなずき、「そこで不本意だが、部室の前に防犯用の監視カメラを設置した」

二枚の写真がマグネットでホワイトボードに貼られた。なんだか刑事ドラマの捜査会議室のようで興奮する。二枚とも暗くて粗い画像だった。一枚目は、背の低い女子生徒がフーッ！と威嚇する猫のように写っていた。フラッシュがたかれたのか赤目現象が生じている。二枚目は、一目散に逃げて行く同じ女子生徒の後ろ姿だった。

本物の野生動物、珍種の密林動物みたいだ。

ふと気づいた。彼女は肩に大きなケースを背負っていた。楽器ケースだ。思わず日野原さんを見る。彼がわたしに特命を依頼した真意がわかった気がした。

期待に応《こた》えるべく、もう一度よく見る。先端がすこしくびれた形状から管楽器なのはわかる。

「トランペットにしてはすこし大きい気がするけど……」わたしはいった。

「金管楽器のケースだね。この大きさからするとトロンボーンかな」ハルタがつぶやいた。

萩原兄が説明を加える。「撮影された時間帯は四時限目の授業中。切り貼りの文書がいつもの場所に差し込まれたんだ。内容は相変わらずの催促だったが」

「――どうだ？」日野原さんがわたしとハルタを見ていった。「吹奏楽部にはいない特徴の女子生徒だ。お前らに心当たりはあるか？」

ハルタと顔を見合わせる。結論をいえば心当たりはない。トロンボーン奏者はふたりしかおらず、喉《のど》から手が出るほどほしい状況だ。心当たりがあればとっくに勧誘している。

首をふってこたえると、日野原さんはすこし落胆する表情を見せ、

「授業中ってことは、卒業を控えて自由出席の三年生の可能性があるな……」

その言葉にわたしも落胆する。来月には学校からいなくなっちゃうんだ。

「三年生か。興味が出てきたな」ハルタの反応は違った。「なんとか彼女をおびき出すことはできないかな？　学校のホームページの掲示板で、エレファンツ・ブレスの色が判明つきましては協力願いたいので至急連絡請う――ってな感じで」

「そんなので引っかかってくれるの？」わたしはハルタの耳元でささやく。

「彼女はエレファンツ・ブレスが何色か知りたいんだよ。わかっていれば発明部のふたりを困らせずに、わかりやすい他の色に置き換えて思い出申請をするはずだ」

「なるほど。理屈だな」腕組みした日野原さんがぽつりといった。

「多少手荒な真似をしてもいいから、彼女の存在が問題になる前につかまえたほうがいいと思う」

ハルタの忠告に、日野原さんは首を傾げて写真を凝視した。なにかに気づいたようだった。

「……そうかもしれないな。おい発明部」

「はいっ」後ろめたいことが常日頃いっぱいあるように、萩本兄弟は飛び上がる。

「彼女をつかまえるアイデアを三十秒以内に出せ」

かわいそうな萩本兄弟が部室を走りまわった。特許出願中とラベルが貼られたロッカーを萩本兄が開けると、中から先がU字形になった二メートルくらいのアルミ棒が出てきた。ハンドグリップをにぎるとU字形の部分が、マジックハンドみたいに開閉する仕掛けになっている。似たような器具を時代劇の捕り物で観たことがある。

「それは生徒会執行部に発注されて制作した、現代版刺叉《さすまた》です。こっちです」

窓外に目を投じて口笛を吹く日野原さんを睨《にら》んだ。このひとはなにを考えているのか本当によくわからない。

つづいて萩本兄が取り出したのは巨大なモデルガンだった。拡声器くらいの大きさで、銃口の部分が直径二十センチはある。

「萩本式キャッチングネットです」萩本弟が自慢げにいう。

その言葉でなんとなく察することができた。銃口から捕獲用のネットが飛び出すのだ。

「これなら武器所持ライセンスは必要ありませんし、萩本式ではネットを柔らかいビニールの紐《ひも》に変えてあります」

「柔らかいビニールの紐？」ハルタが眉《まゆ》を寄せて反応する。

「対象者が怪我をする恐れはありません」

「……よし。許可する。試せ」

日野原さんが指示し、萩本兄弟はこくこくとうなずき合った。


翌日、五時限目の授業が終わる頃、日野原さんからわたしの携帯電話にメールが届いた。いとも簡単に彼女を萩本式キャッチングネットで捕獲できてしまったそうだ。ショートホームルームと掃除が終わると、わたしとハルタは急いで発明部の部室に向かった。

部室の前で、顔中引っかき傷だらけの萩本兄弟が情けない見張り番のように立っていた。恐る恐る引き戸を開けると、日野原さんが刺叉《さすまた》を首にかけられて壁に張り付いている。刺叉を使っているのは、おさげの髪の、背の低い女子生徒だった。ふーふーと鼻息が荒い。自ら発注した器具で追いつめられている日野原さん。なるほど、こうやって使うのか。

とんだ修羅場だ。

「女の子に嘘ついてひどい目に遭わせるなんて最低！　訴えてやる」彼女が叫んだ。よく見るとビニールの紐が制服にまとわりついている。

「部外者が学校に侵入しておいて、それはないだろっ」日野原さんが負けじと返す。

「私はいいんだもん。来月からこの学校に入学するんだから」

彼女の制服は真新しかった。新一年生だ。フライングしてやってきた新一年生……

「屁理屈《へりくつ》だ。引っ込んでろ、この中学生がっ」

「えい」

と彼女が刺叉のハンドグリップをにぎると、ぐええと日野原さんが身悶《みもだ》えする。もうなにもかもが馬鹿らしい。

黙って見ていたハルタがため息をつき、彼女の肩を後ろからやさしくふれた。

「……強引なやり方だったことは謝るよ。きみを傷つけたことも謝る。許してほしい」

ふり向いた彼女ははっと目を見開く。悔しいが一般の女子にとって初対面のハルタほど印象の良いものはない。細くて柔らかそうな髪、長い睫毛《まつげ》と二重のまぶた、テレビでしか見られないような端整で中性的な顔立ちに、彼女の顔はみるみる赤くなっていった。皮一枚の下にある禍々《まがまが》しい本性を知ったあとでも同じ反応でいられるかどうか。

刺叉がカランと音を立てて落ちた。

「え……あの……桜ヶ丘中学の後藤朱里《ごとうあかり》……です。すみません……私……」

後藤さんはもじもじしながら頭を下げる。ハルタも律儀におじぎをして、

「清水南高校一年の上条春太です。来月からよろしく」

自然と握手できるところに感心する。後藤さんは耳たぶまで赤くなっていた。

「ちなみに俺は生徒会長の日野原秀一だ。お前は四月一日をもって職員用の便所掃除を命ずる」

喉元を押さえた日野原さんがやってきて、後藤さんは刺叉を拾い上げて構えた。また鼻息がふーふーと荒くなる。

「ちょっと落ち着いて」わたしは割り込み、興奮する後藤さんを押しとどめる。「学校に無断で侵入してトラブルを運んできたのはあなたたなのよ」

後藤さんはたじろぎ、うつむいた。

「ハルタと同じクラスの穂村千夏」わたしは自己紹介した。「そして廊下で立っているのが発明部の萩本兄弟」彼らはひとくくりにした。

後藤さんは申し訳なさそうに廊下に顔を向け、「……あのひとたち、テレビで観たことがあって、すごく怖かったんです。うちの歳の離れた弟が泣いちゃって」

あー。わかるわかる。だから警戒していたのか。根はいいひとたちなんだよ。いい切る自信はないけど、いまはそういわせてね。彼女に説明して、萩本兄弟を手招きして部室の中に呼んだ。

閑話休題。後藤さんに冷たいジュースを出して、日野原さんの尋問がはじまる。

「どうやって学校のホームページの掲示板をのぞいていたんだ？　生徒固有のＩＤが必要なんだぞ」

「ＩＤはこの学校にいる先輩に借りました。オモイデマクラを教えてくれたのもその先輩です」

「その先輩とは？」

後藤さんは口をつぐんだ。

「いいからいえ。その先輩を罰したり責めたりはしない」

「名越先輩です」

「ちっ……。名越か」

「名越を知っているんですか？」わたしは日野原さんにたずねる。

「生徒会執行部で管理しているブラックリスト十傑に入る」

強者《つわもの》の変人があと九人いるのか。正直、気が滅入《めい》る。

心外だとばかりに後藤さんが声をあげた。「名越先輩は世界一の先輩です」そしてハルタをちらっと盗み見て、「今日をもって二番になりましたが」

「安いな！　名越は」日野原さんは唾《つば》を飛ばした。「新聞の見出しの切り貼りの文章は？」

「借りたＩＤで掲示板に書き込むわけにはいきませんし、悩んでいたら名越先輩がアドバイスしてくれました」

「諸悪の根源はあいつなのか」日野原さんが肩を落とす。「……もう疲れたよ、俺」

バトンタッチするように萩本兄が日野原さんのあとを継いだ。「残念だが諸事情があって、我々が開発したオモイデマクラを販売することができなくなったんだ。きみの期待に背いて悪いが、断腸の思いで、前払いの一万円を返金することになった」

後藤さんの顔が強張《こわば》る。「嫌です。受け取りません。エレファンツ・ブレスの謎を解いて、オモイデマクラをつくってください」

「だ、だから諸事情があってですね……」萩本弟がしどろもどろになって加わる。

「諸事情ってなんですか？　大人の事情ですか？　それともエレファンツ・ブレスの色がわからないんですか？　壁にあるグラハム・ベルさんの肖像画に向かって、こたえてください！」

グラハム・ベルの肖像画を向く萩本兄弟の目に涙がにじんだ。駄目だ、この兄弟は。

「あのね。後藤さん。無償でオモイデマクラを提供してあげたくても、だれも見たことがないエレファンツ・ブレスなんて色は再現できないのよ。だからお願い、わかって」

両肩を突っ張らせた後藤さんはなにかを堪《こら》える表情で、うっと喉《のど》の奥で呻《うめ》いた。泣き出しそうな顔にも見える。いったいなにが彼女をそこまで急《せ》き立てているのだろう。たったひとりで学校に侵入してきたのだ。かわいそうな気がした。

「かぐや姫みたいな無理難題を解くのは、ハルタの役目だから」

ハルタにバトンタッチする。

「今日はトロンボーンのケースは持っていないようだけど」

それまでずっと黙っていたハルタの口が開き、後藤さんは虚を突かれた顔をした。

「……あ、はい。でもあれはバストロンボーンです」

「ふうん。中学では吹奏楽部だったの？」

ハルタがこめかみに中指と人差し指をあてた。頭の中で打算が働いているしぐさだ。

「小学校のときはずっとコルネットを吹いていたんですが、中学に入ってこっちのほうが向いているって顧問にいわれてからずっと……。あの、上条先輩は吹奏楽部なんですか？」

「ああ。ぼくはホルンで穂村さんはフルートなんだ。でもすごいね。バストロンボーンはタンギングも難しいし、いい音を出せるひとは限られている。きっときみはセンスがあるんだろうね」

「そんなことはないです」後藤さんはぶるぶる首をふった。「でも去年、私の力でベニー・グッドマンのメドレーを自由曲に選ばせました」

「そいつはすごい。あれは確かトロンボーンのソロがあったよね？」

「た、たいしたことはないです。コンクールの会場で一瞬、静寂を与えた程度ですから」

だいたい彼女の性格は把握できた。

「穂村さん」ハルタが首をまわした。二度も穂村さんと呼ばれてすこし気持ちが悪い。

「ぼくは彼女の力になってあげたいな。どうだろう？」

後藤さんは目を輝かせてわたしを見つめる。わたしもこめかみに中指と人差し指をあてた。

「後輩になるかもしれない後藤さんの頼みだもんね。それに、わたしも聴いてみたいわ。きっと後藤さんがバストロンボーンを吹いているんじゃなくて、バストロンボーンが後藤さんに吹かせているんでしょうね……」

「え、いや、そんなっ」照れた後藤さんが身をよじらせる。

ハルタが本題に入る。「協力する前に、オモイデマクラのことでひとつ確認したいけどいいかな？」

「私にこたえられることがあればなんでも話します」

もはや後藤さんの視界には日野原さんと萩本兄弟は映っていなかった。

「オモイデマクラはだれが使うんだい？」


それじゃあ話します。

ある日突然、死んだと聞かされてきた祖父が、実は生きていることがわかったんです。祖父なんていいたくないから「あいつ」と呼びます。「女の敵」、「サナダ虫」と呼んでも過言ではありません。

私、お婆ちゃんっ子なんです。お婆ちゃん、大好きなんです。お婆ちゃんは女手ひとつでお父さんを育てました。いまは私たち家族と一緒に過ごして、昔のことをときどき笑い話にしてくれますが、楽な歳月じゃなかったんだと思います。「あいつ」のことは、お父さんが生まれる前に不幸な事故で亡くなったと聞いていました。

でも違ったんです。

お婆ちゃんは十九歳のとき、当時美大生だった「あいつ」と知り合いました。「あいつ」は一度パリに留学して、失敗して帰国した身でした。大学を退学して親の仕送りをとめられた「あいつ」は、当時のお婆ちゃんの下宿先に転がり込みました。もともと手先は器用で絵の才能はあったみたいです。自惚《うぬぼ》れじゃなくて周囲が認める才能です。でも、どんなに才能があっても、天才じゃないと食べていけない世界であることをパリの留学で知ったんです。いえ、天才でも駄目なんです。強運も必要なんです。絵画はそういう世界みたいなんです。

「あいつ」にはひとを惹《ひ》き付ける魅力がありました。そして、やさしかった。お婆ちゃんと同棲《どうせい》するようになってからは定職について、短いけれども平穏で、それなりに幸せな日々がつづいたそうです。ふたりは将来を誓い合う仲になりました。

でもそれは、まやかしだったんです。

「あいつ」はふたりで貯めたお金を使って、また留学するといいだしたんです。画家になる夢を捨てられない。どうしてもあきらめきれない。次の留学先はアメリカのサンフランシスコです。はあ？　画家になるのになんでアメリカなのよ。フランスのパリで失敗したから、次はアメリカのサンフランシスコ？　もうわけわかんない。当面の生活費は美術館のアルバイトのコネを見つけたからって、「あいつ」はお婆ちゃんを説き伏せました。お婆ちゃんは途方に暮れましたが、「あいつ」のことが本当に好きだったし、支えてあげたい気持ちもあったから、渡米費用を銀行からおろしたんです。お婆ちゃん、ひとがいいから、ほとんど全額おろしたんです。

出発の前日、「あいつ」とお婆ちゃんは婚約しました。それがふたりを繋《つな》ぎとめる絆《きずな》でした。

日本に残ったお婆ちゃんは「あいつ」の子供を身籠《みごも》っていることに気づきました。でも「あいつ」に負担をかけてはいけないと思って知らせなかったんです。一年後には、いったん帰国することを約束していましたから。

一年経っても「あいつ」は帰国しませんでした。連絡が急に途絶えたんです。「あいつ」はお婆ちゃんを捨てたんです。乳飲み子を抱えたお婆ちゃんは、そのことを受け入れるまで何年もかかったそうです。お婆ちゃんは駆け落ち同然で「あいつ」と婚約していました。両親は頼れず、住む場所を変えて、できる仕事はなんでもして……辛《つら》い日々がつづいたみたいです。

私のお父さんはそんなお婆ちゃんの後ろ姿を見て育ちました。奨学金を得ながら大学を卒業して、結婚して、マイホームを持てるようになるまで、私のお父さんも必死に働きました。お婆ちゃんに心安らげる家族と家庭を与えたくて頑張ったんです。四十年という歳月をかけて、それは叶《かな》ったんだと私は信じています。

ところが去年、「あいつ」はひょっこりあらわれました。

きっかけはお婆ちゃんが手にした画集です。「あいつ」はお婆ちゃんを捨ててから、一度だけ画集を出していたんです。古書店をめぐりめぐって、昔の事情を知るお婆ちゃんの知人が見つけてくれたんです。お婆ちゃん、画集の出版元に問い合わせました。行方調査までしたんです。「あいつ」は渡米して十年後に帰国していたんです。

いまの居場所を知って驚きました。もう何年も前から隣町の養護老人ホームにいたんです。お婆ちゃんを捨ててから、ずっと独り身でした。

お婆ちゃんは私たちに黙って外出するようになりました。消息がわかった「あいつ」の元へ行くようになったんです。「あいつ」は病気を幾つも抱えていて、もう先は長くないんです。お婆ちゃん、看病しているんです。

……実はお婆ちゃん、病院の検査で認知症の兆候がすこしあることがわかったんです。だから、きっと、昔受けた仕打ちを忘れちゃっているんです。「あいつ」はそんなお婆ちゃんを利用しているんです。

独り身で頼る家族も親友もいないことは自業自得なんです。そういう生き方をしてきたから当然です。でも「あいつ」はいざ自分が死ぬかもしれないって立場に追い込まれたとき、まわりにだれもいないことを恐れたんです。そこで思い出したのはお婆ちゃんの存在です。お婆ちゃんの住所を調べて、近くの養護老人ホームに入ることに決めたんです。自分の最期を看取《みと》らせて、身勝手な人生の帳尻《ちょうじり》を合わせようとしているんです。……そうに違いありません。

私、お婆ちゃんを連れ戻してって、お父さんに訴えました。お父さんは最初こそ怒っていましたが、もともと狭量なひとじゃないんです。お婆ちゃんの好きにさせればいい、って。

私にはどうしても納得できない。だから一言でも嫌味をいってやろうと、単身養護老人ホームに乗り込んだんです。「あいつ」は大部屋にいました。お婆ちゃんに対してすこしでも申し訳ない気持ちを見せてくれれば溜飲《りゅういん》は下がったんです。

私、ぶち切れました。

「あいつ」は記憶喪失になっていたんです。渡米したことをきれいさっぱり忘れちゃっているんです。そのくせ、「私がぐらんどふぁーざーだよ。さあ、ぐらんどどぅたー、膝《ひざ》の間に顔を埋《うず》めさせておくれ」って抱きつこうとするんです。余命幾ばくもない「あいつ」に、往復ビンタをしちゃいました。そうしたら「これは愛のむちだ」というんです。ふざけるな。

次の日から時間の許す限り、養護老人ホームに通うことにしました。記憶喪失っていい張るのなら、とことん付き合うつもりでした。話に矛盾やおかしな点があれば追及して、化けの皮をはがしてやるつもりでした。ところが「あいつ」はしぶといんです。肝心な部分を思い出してくれないんです。お婆ちゃんやお父さんがどれだけ苦労してきたか、私は教えてやりたかった。でも、向こうは覚えがないのに、こっちから一方的に喋《しゃべ》るのは癪《しゃく》じゃないですか。

ある日、私は「あいつ」の口からある言葉を耳にしたんです。それは空白の十年間で唯一覚えているものでした。

……エレファンツ・ブレスを見たよ。

私、急いで調べました。だれも見たことがない幻の色だと知ったとき、猛烈な怒りに襲われたんです。そうまでして、自分に都合の悪いことに蓋《ふた》をしたいの？

でも、でも。

落ち着け、私。

もしかしたら「あいつ」は本当に見たのかもしれない。

記憶喪失って、記憶を失うわけではないんです。記憶は頭のどこかに残っているんです。単に思い出せないだけなんです。

一縷《いちる》の望みにかけることにしました。

オモイデマクラを使えば、「あいつ」は思い出してくれるかもしれないって——

「なぜだろう」

後藤さんの話が終わり、日野原さんがしみじみとつづける。

「きみの祖父には共感できるところがあるぞ。夢を追うあたりとか、往生際が悪いところとか」

萩本兄弟もうなずいた。ハルタも一瞬うなずきかけて、はっと思いとどまる。

「最低っ」後藤さんは椅子から立ち上がった。「あなたたちみたいな男がいるから、女が不幸になるのよっ」

二度も最低といわれた日野原さんの顔が引きつる。

「女にはわかるまい。蝶《ちょう》を追っていつの間にか山頂に登っている、という美しいたとえが」

「女にはわかるのよ。蝶を追っていつの間にか近所のドブにはまっている、という醜い現実が」

「まあ、まあ」険悪な雰囲気が漂うふたりの間にわたしは割って入った。「仮にエレファンツ・ブレスの謎が解けて、オモイデマクラが完成したら、後藤さんはどうしたいわけ?」

「もちろん『あいつ』に使ってもらいます。お婆ちゃんにしたことを思い出させてから、私の説教がつづき、土下座して謝ってもらうフルコースを考えています」

「はん！　ただの土下座か。安いものだな」日野原さんが椅子にふんぞり返る。「おい、萩本兄弟。お前らが極めたスペシャル土下座を見せてやれ」

「どのバージョンで？」萩本兄が日野原さんに耳打ちする。

「人間ピラミッド土下座だ。三十秒以内にエキストラを集めろ」

「……もうやめて」わたしは日野原さんの鼻をつまんで上げ、後藤さんに顔を向ける。

「あなたはそれで本当にいいの？」

後藤さんは一瞬怯《ひる》んだが、唇を引き結び、小さな肩を震わせた。

「このまま『あいつ』を死なせるのが嫌なんです。お婆ちゃんの中で美しい思い出のまま死んでいくのが我慢できないんです。そんなの、『あいつ』の思う壺《つぼ》です。お婆ちゃんをうんざりさせるほど情けない姿を見せて、悪あがきさせてから、家族に看取られるべきなんです」

後藤さんに視線が集まる。執念というより、もはや後戻りできないほどねじれてしまった感情を、彼女自身がコントロールできずに苦しんでいる姿に思えた。

沈黙を破る声があった。

「助《すけ》っ人《と》がいるな」

みんなの視線が、両手を頭の後ろで組んで天井を向くハルタに移動した。

4

週末の土曜日。

「名越先輩は世界一の先輩だったんです。でも今日をもって三番になりました」

後藤さんはもじもじはにかみながら、隣を歩くマレンをちらっと見上げる。サックスケースを提げるマレンは微笑み返した。午前と午後の練習が終わって疲れているはずなのに、名越の後輩が困っているという理由を聞いただけで、後藤さんの祖父がいる養護老人ホームに行くことを快く引き受けてくれた。ハルタがいった助っ人とはマレンのことだ。

早朝の朝練から参加していたわたしとハルタはふらふらだ。譜面がまだ頭から離れない。

「スプリング・エフェメラルか。縁起が悪いな」

背後から日野原さんのつぶやき声がもれ、萩本兄弟もあとにつづく。計七人のメンバーだ。

養護老人ホームに延びる遊歩道の両側は緑に囲まれていた。白が鮮やかな二輪草《にりんそう》、薄紫の片栗《かたくり》が春を告げるように咲き乱れている。スプリング・エフェメラル……。現代国語の授業で、堀辰雄《ほりたつお》の「信濃路《しなのじ》」が取り上げられたときに先生が話してくれた覚えがある。確か春先に花をつけるだけであとは地下で過ごす草花をスプリング・エフェメラルって呼ぶはずだ。春の儚《はかな》い命という意味が込められている。養護老人ホームにつづく道にはふさわしくない。

そんなわたしの気持ちを察したように、マレンは小声でいった。

「長く土の中で耐えてきたからこそ、春の花は希望に満ちあふれているんじゃないのかな」

ゆるやかな坂道の先に真っ白い建物が見えた。築年数の古い病院みたいな外観だった。エントランスホールに入ったとき、みんなの足が一瞬とまった。匂いを嗅《か》いだからだった。病院の薬品の匂いに、排泄《はいせつ》物を混ぜたような匂い。長年蓄積された匂い。ハルタとマレンが険しい顔をした。

後藤さんがすたすたと歩き進んで行き、慌ててみんなで追う。エレベーターを使わずに階段で三階に向かった。だんだん匂いに慣れてくる。後藤さんのお爺《じい》さんは睡眠障害で夜中にうなされたりずっと起きているので、角にある大部屋をひとりで使っているという。

三階の廊下の先で、髪が半白の小柄なお婆さんが待っていた。

「お婆ちゃんっ」

後藤さんは突進するようにお婆さんに抱きつき、お婆さんはぐふっと呻《うめ》いて、彼女をやさしく受けとめた。皺《しわ》に刻まれた目がゆっくりとわたしたちに向く。

「……昨日話していた先輩方かい？」

「うん。エレファンツ・ブレスの謎を解いてくれるんだよ」

そういうことになっているのだ。どうしよう。

お婆さんの目の奥に一瞬悲しそうな色が宿った。認知症の兆候があると聞いていたけれど、そんなふうには見えない。

「今日は朱里さんに無理をいって、大勢で押しかけてしまいました」

日野原さんがみんなを代表して挨拶《あいさつ》した。手ぶらできたわけではなく、水菓子の詰め合わせを持参しているところは気が利くし、さまになる。お婆さんは恐縮してお礼をいい、これから朱里がお世話になります、いい子なんです、と何度もくり返した。いい子か、と日野原さんは含む口調でいい、後藤さんは日野原さんの脛《すね》を蹴《け》る。

お婆さんと後藤さんの後につづいて大部屋に入った。

「あ……」とわたし。

「これは」と日野原さん。

「へえ」とハルタ。

「すごいね」とマレン。

「兄ちゃん」と萩本弟。

「ほお」と萩本兄。

「私物化しているんです」後藤さんがみんなの言葉を引き取った。

ベージュのカーテンがはためく大部屋の四方の壁に、幻想的な風景画が埋め尽くすように飾られていた。独特の色遣いが特徴的な絵だ。私物化。確かにその通りだ。ちょっとしたアトリエ……

お爺さんは奥のベッドで上半身を起こしていた。白髪の髪はだいぶ残っていて、立派な口髭《くちひげ》と顎髭《あごひげ》をたくわえている。いかにも芸術家っぽい精悍《せいかん》さがある。しかし土気色をした肌、落ち窪《くぼ》んだ眼窩《がんか》は、なにかの病魔に蝕《むしば》まれていることを物語っていた。

みんなで挨拶をすると、お爺さんは無言で微笑む。後藤さんがいうほど悪いひとには見えない。お婆さんはお茶の用意をしにロビーに向かい、萩本兄弟がついて行く。

ふと、お爺さんの目がわたしのスカートに注がれていることに気づいた。

「……いまどきの女子高生は足が長いんだな」

「どこ見てんだエロじじい！」後藤さんがベッドに飛び乗って、お爺さんの両頬をつまんで引っぱり、「じょしこうふぇいの、おみ足を」とお爺さんがわめく。

余命幾ばくもない祖父とやんちゃな孫娘が喧嘩《けんか》していますよ。みなさん、一緒にとめませんか？　日野原さんとハルタとマレンは、きみに任せるよといったしぐさで、肩を並べて壁の絵に見入っている。

「油絵のようで油絵じゃないな」と首を傾げる日野原さん。

「日野原さんが見ている絵の下地はスケッチブックですよ」とハルタ。

「父さんの本棚で見たことがあります。たぶん、ガッシュと呼ばれる水彩技法だと思います」とマレン。

「ガッシュを独自にアレンジしているのか。印象派っぽいテイストがあるな」

目を細めてうなずく日野原さん。ハルタもマレンも感嘆の息をもらしながら一枚一枚眺めている。わたしもそのエスプリな会話に参加させて。

「チカちゃん」とハルタがわたしの耳元でささやく。「印象派っていうのはね、おおまかにいうと日本の浮世絵や日本画が影響を与えたとされる手法で、見たものを遠近法を使って写実的に描くというよりは、見た目の面白さや独特な主観を優先して描く手法のことをいうんだ」

へえ。壁にある絵をみんなと一緒に眺めた。使用している色の数はすくないが、点の集合体となって独特な色合いを表現している。

「……点描です」

ふり返った。お婆さんが、紙コップとお菓子を載せた盆を持って立っていた。

萩本兄弟が大部屋の隅であぐらをかき、見るからに堅牢《けんろう》そうなノートパソコンを開いた。

携帯電話をつないでモバイル通信のチェックをしている。

「ここで携帯電話を使っていいの？」日野原さんを肘《ひじ》でついて小声でたずねる。養護老人ホームといえども施設には医療機器があると思った。

「なんのためにあいつらを、お茶の手伝いにロビーに行かせたと思っているんだ」

「え」

「確認させてきたんだよ。携帯電話が使えるんだ。寂しさのために家族に電話する老人があとを絶たない。中には月の電話代が問題になるケースもあるそうだ」

わたしは黙り、ふんと日野原さんが鼻を鳴らす。

マレンが南側の壁に飾られた絵を指さしながら、お爺さんに英語で話しかけていた。隣でハルタがささやく。「マレンには英語で会話してもらうよう頼んである。もしかしたら渡米中の記憶がよみがえるかもしれないからね」

マレンの問いにお爺さんは戸惑いを見せていたが、引っかかるようなたどたどしい英語でこたえている。自然と口から出てくるのだ。

南側の壁には主に動物の絵が飾られていた。日本では見られない、亜熱帯のジャングルに住んでいるような鳥、ゴリラ、象などの絵が独特なタッチで描かれている。

会話をいったん区切ったマレンは、クッキーを両手で頬張る後藤さんにたずねた。

「お爺さんが渡米したのは、いつかわかる？」

「え、え」後藤さんは慌てて口の中のものを飲み込もうとする。

「……昭和四十一年」代わりにお婆さんがこたえてくれた。やはり、認知症の兆候があるようには見えない。

「昭和四十一年?」マレンが眉《まゆ》を寄せる。

「一九六六年」ハルタが西暦に直す。

ハルタの言葉を受けて、萩本兄弟がノートパソコンで検索を開始した。

「判明しました」萩本弟が手を挙げた。まるで早押しクイズの速さだ。「サンフランシスコ・アジア美術館がその年にオープンしています」

「じゃあオープニングスタッフを募集していたのかもしれないね」

マレンがいい、みんなの視線が彼に集まる。

「英語はたどたどしいけど、『スーラ』と『グランド・ジャット』という単語ははっきり発音している。たぶん、『スーラ』はひとの名前だと思う」

萩本兄弟がまたノートパソコンで検索を開始した。萩本弟が手を挙げる。

「点描で独特な水彩画を描く画家に、『ジョルジュ・スーラ』というフランス人がいます。代表作のひとつである『グランド・ジャット島の日曜日の午後』という作品がシカゴ美術館に展示されています」

「やっぱり」マレンがいった。「ぼくはシカゴに住んでいたから、地理的なことも試しにさっき質問してみたんだ。だいたい正しいことをいっていたよ。たぶん長く住んでいたんだと思う」

わたしはぽかんとする。どういうこと？　サンフランシスコの次はシカゴ……？

萩本弟がパソコンのディスプレイを見ながら説明をつづけた。「シカゴ美術館にはスーラの代表作の他に、日本の浮世絵などの東洋美術コレクションもあって、欧米では有数だそうです」

ハルタがお爺《じい》さんに確認する。「一九六六年に渡米。最初の行き先はサンフランシスコ。美術館のオープニングスタッフの手伝いをしたあと、次の仕事のコネを見つけてシカゴに移動。点描の影響を受けたスーラの代表作がある場所でしばらく滞在した。……それで合っていますか？」

お爺さんは黙っていた。窪んだ眼窩の奥にある瞳《ひとみ》が、かすかに揺れた気がした。

「……そうかもしれない」

わたしは密《ひそ》かに息を呑《の》んだ。すごい。お爺さんの記憶を取り戻す手がかりが一歩前進した。

「シカゴにいたの？」後藤さんがお爺さんにつめ寄る。

「……だんだんそんな気がしてきたぞ。まい、ぐらんどどぅたー」空気が読めずに、軽いノリで返してしまうお爺さん。

後藤さんはきっとした目でわたしたちを見る。「あのっ、シカゴって、サンフランシスコから遠いんですか？」

「横に広いアメリカ合衆国の西端から東端に行くイメージかな」マレンがこたえた。

「それなら約三千キロです」と萩本弟。

「東京と博多《はかた》を一往復半するくらいだね」ハルタが試算する。

後藤さんの顔がわなわなと震えた。危険な兆候だった。わたしたちがとめるより先に、ベッドに飛び乗り、お爺さんの両頬をつまんで引っぱった。「留学なんて嘘じゃないっ。お婆ちゃんに謝れっ」

「孫娘の乱心をとめなくていいですか？」日野原さんがお婆さんに小さな声で話しかける。

「……嘘をつくようなひとじゃないんですよ。世の中、思い通りにならないことがありますからねえ」宙を見つめたお婆さんは、だれにともなくつぶやいた。

しかたなくわたしが後藤さんをお爺さんから引き離した。彼女の鼻息はふーふーと荒い。

「マレン」日野原さんが口を開く。「シカゴの地理に詳しいだけで、長く住んでいたとは断定できないぞ。お爺さんの記憶も曖昧《あいまい》じゃないか」

「それについては、気になる絵があるんだ」

「――絵だと？」

マレンが南側の壁に飾られた絵を指さしたので、みんなで近づく。

点描の絵だった。たった三色の点の複雑な集合体で描かれているので、モザイクがかったような構図に映る。同じ構図の絵が三枚。空と森と象。

『朝焼けの中で眠る象の絵』
一枚目　空（黄）、森（緑）、象（灰）
二枚目　空（橙《だいだい》）、森（緑）、象（灰）
三枚目　空（黒）、森（緑）、象（灰）

萩本兄弟が興味深く眺めていた。お爺さんに断ってデジタルカメラで撮影までしている。その理由はなんとなくわかった。『三色程度で再現できる思い出』をオモイデマクラの仕様としている彼らにとって、お手本のような絵だ。

「さっき画布の裏を見せてもらったけど、帰国後すぐ描かれたものだよ」マレンはいった。

「違いは空の色か。一枚目は表題通り朝焼けに見えるが、二枚目と三枚目は夕方と夜だぞ」日野原さんが三枚の絵を見比べている。

「象が一頭しか描かれていないね。野生の象なら十数頭以上の群れで行動するのに」とハルタが不思議がる。

ふたりの疑問にマレンがこたえた。

「おそらくシカゴにあるリンカーンパーク動物園だ。広大な自然を有した土地に多くの動物が飼育されていて、無料で入園できる。忍び込んで寝泊まりするひともいる。一日中、動物園にいればモチーフにできると思ったんだ」

そういわれてみれば、この大部屋には亜熱帯のジャングルに住んでいるような鳥やゴリラの絵もある。

ふり返ってお爺さんを見た。お爺さんはどこか苦しげな顔で沈黙している。唇が震えていた。なにかを隠している。追及されるのを、ひどく恐れている表情にも見えた。

「動物園でホームレスぅ？」

後藤さんが情けない声を出し、お爺さんははっと顔を上げる。

「……は、羽を伸ばしたかったんだよ」

「羽を伸ばす？」後藤さんは絶句しかけた。「日本に残したお婆ちゃんが重荷だったわけ？」

「え、いや、あの、その」

後藤さんはいまにも泣き出しそうな顔でうっと呻《うめ》くと、大部屋から飛び出して行った。

「傷心の孫娘を追いましょうか？」日野原さんがお婆さんに小声で話しかける。

「……ああ見えても芯《しん》の強い子なんですよ」お婆さんは柔和な笑みを浮かべた。

息を切らした後藤さんが枕を両脇に抱えて戻ってきた。全力で投げ、ばふっという音とともにお爺さんの顔面を直撃し、次の枕が飛ぶ。

そんな騒動をものともせずに萩本兄弟はデジタルカメラをノートパソコンにつなげていた。パソコンのディスプレイにメールの画面が表示され、キーボードを叩《たた》いてなにやらメッセージを入力している。

手がかり①一九六六年、留学目的でアメリカに渡米。
手がかり②滞在地はサンフランシスコ、その後はシカゴ。
手がかり③シカゴのリンカーンパーク動物園で寝泊まりしていた可能性あり。
手がかり④十年後の一九七六年に帰国。
手がかり⑤帰国後に描いた絵。『朝焼けの中で眠る象の絵』
撮影した三枚の絵の画像を添付します。

萩本弟がメールを送信した。宛先はわからない。

「エレファンツ・ブレスを見たとしたら、リンカーンパーク動物園かな……」

ハルタはマレンと一緒に三枚の絵を眺めていた。わたしは近づいて指でつつく。

「ねえ。どうしてそういい切れるの？」

「エレファント・グリーンやエレファント・スキンのように象の名前がつくからには、象の生態や環境に関係する色なんだよ。リンカーンパーク動物園なら、三百六十五日、一日中象を観察できる。きっとお爺さんはそこでなにかを見たんだ」

「ぼくもそう思った」マレンが浅く腕組みする。「一度、象の生態について整理したほうがいいかもしれないね」

「象の生態って……」そういえばわたしはあまり知らない。さっきハルタがいっていた、野生の象は群れる、といったことくらいだ。しかもテレビの向こう側で。

「野生の象を扱った本って意外とすくないんだ。だけど一度読めば、深く印象に残る生態や逸話がいくつもあるんだよ。僕がまだアメリカにいたころに読んだことがある」

そういってマレンは教えてくれた。

・象は伝染病にかかると群れの八割以上が枕を並べて斃死《へいし》してしまうことがある。なぜなら象たちは病気になった仲間を「死ぬまで介抱する」のでその全員が伝染してしまう。
・捨て児の仔象《こぞう》を養母となる象が面倒みることがある。
・象は神経質で、テリトリー内に道路ができるといつまでもためらってそれを乗り越えようとしない。動物園内ではねずみ一匹でも警戒する。

・推理作家アガサ・クリスティの『象は忘れない』という作品の題名は、人間ではなかなか正確には思い出せない過去の記憶でも象は決して忘れないということを示しているが、これは本当のことで、個別認識力が非常に高い動物である。

・象は恒温動物なので睡眠中に夢を見る。ただし睡眠は三時間程度といわれている。サラブレッドの馬のように神経質なので、動物園の飼育係でさえ睡眠中の姿を見る機会は滅多にない。

はじめて耳にすることにわたしは思わず聞き入った。象の慈悲深さ、神秘性を知った気がした。

「……若いの。詳しいな」

こもった声がした。マレンが首をまわす。後藤さんに枕を押しつけられている、お爺《じい》さんが出した声だった。

「お爺さんも、象に関する生態や逸話でなにかご存じのことがありますか？」

ハルタがたずねると、お爺さんは天井に目を向けてこたえた。

「物語なら知っているぞ。あれは、ラドヤード・キプリングの小説だったたな……」

そしてお爺さんは、ときどき思い出すのに苦労しながら、話してくれた。

あるところに人間のもとから逃亡してきた象がいた。

彼は自由を得たが、後ろ足には人間に使役されていた頃の名残として鉄鎖がはまっていた。

人間の匂いに染まり、後ろ足に残っている鉄鎖の響きのため、どの象の群れも、警戒して彼を仲間に入れてくれることはなかった。

苦痛に耐えながら、彼は一頭で生きていくしかなかった。

人間を憎み、村を襲い踏みにじり、あらゆる凶暴性を発揮して生きていたが、ある日、群れから離れた一頭の仔象と出会う。

生まれて間もないその仔象は、なんの警戒心もなく、彼は我が子のように育てる。

やがて仔象は、彼の愛情に育《はぐく》まれて立派に成長する。

その頃には彼は老境に入って、鉄鎖のために歩くのもおぼつかない状況だった。

成長した仔象は彼にいう。

「父よ、この鉄鎖はどうしたのですか?」

「これこそ私の悲しみ、私の呪詛《じゅそ》なのだ」

彼はそのわけを話した。

成長した仔象は、強力な鼻の一撃を与えて、呪わしい鉄鎖を粉砕したのだった。

大部屋にいるみんながしんと静まって聞いた。わたしは目を瞬《しばた》かせる。鉄鎖……。不思議な響きを伴って耳に入った。

「会長、報告が」と萩本兄が日野原さんを呼んだ。

萩本兄弟のノートパソコンにさっきのメールの返信が届いたようだった。わたしもハルタもマレンものぞき込む。

そこにいるメンバー全員に告ぐ。

これ以上、後藤さんの祖父を追及するのはやめて早く帰ってくること。

日野原さんが重い息を吐いた。「どうする上条？　先生から『待った』がかかったぞ」

「え」わたしは戸惑う。

「草壁先生だ」日野原さんが小声でいう。「実はここにくるときの水菓子の詰め合わせは、先生が用意してくれた」

「――そうなの、ハルタ？」

パソコンのディスプレイを見るハルタの表情がかたまっていた。弾《はじ》かれたように動いて南側の壁に両手をつく。再び食い入るように眺めているのは、あの三枚の象の絵だった。「いおういおうと思っていたんだが、この絵はまずいぞ、上条くん」萩本兄がデジタルカメラを手にしてハルタの背後に立ち、声を潜めていう。「この三色でオモイデマクラをつくることはできないな」

マレンも近づいて一緒に絵を眺める。その目が次第に険しくなっていった。「萩本先輩の気のせいですよ」

「……そうか」言葉を濁した萩本兄はデジタルカメラに目を落とした。

ハルタの強張った顔がお爺さんのほうを向く。なにかをいいかけた。が、お爺さんはそれを許さなかった。小さく低い声で、制するようにいった。

「お見舞いありがとう。遅くなるから、もう帰ったほうがいい」

時間の経過に気づいた。午後六時になろうとしている。窓からは色ガラスを透かしたような夕映えが大部屋を染め、最初嗅《か》いだときの養護老人ホームの匂いに、温かいご飯の匂いが混ざった。

ハルタがお爺さんのベッドに歩み寄った。訴えるような目をして、足元の柵《さく》を両手で強くにぎりしめる。

「……もうすぐ夕食の配膳《はいぜん》がくる。きみたちがいては邪魔になる」

「もしかして帰国してから一度も、安眠を得ることができなかったのではないですか？」

「帰れ」お爺さんは暗い顔でつぶやき捨てた。「きみたちは疫病神になる気か」

その瞬間、バットスイングのように枕がお爺さんの顔を直撃し、ぐほっと呻《うめ》き声があがった。後藤さんだった。

「……ひどい。そんなのってないよ。せっかくきてもらったのに疫病神だなんて……。夕飯だって、いつも食べ残すくせに。お婆ちゃんと先輩たちに謝れっ」後藤さんがベッドに飛び乗って、お爺さんを枕でばふばふと叩《たた》き、「あぁ……あぁ……どうせ叩いてくれるなら肩を」とお爺さんがわめいている。

「孫娘のスキンシップも佳境に入っていますが」日野原さんがお婆さんにぽつりといった。

「朱里、やめなさい」

お婆さんの声に、後藤さんは身体をびくっとさせた。彼女はお婆さんのいうことは素直に従い、ベッドから下りる。情けなさと悔しさで顔がゆがみ、唇を嚙《か》んでいた。お婆さんがやさしく抱きしめると、彼女は嗚咽《おえつ》を殺して泣いた。

「いつまでこんなことをくり返すつもりですか？」ハルタはお爺さんに冷ややかな声でいった。

「儂《わし》は満足しているぞ」お爺さんは口元でかすかに笑った。その顔に、なにかに取り憑《つ》かれたような表情が浮かぶのをわたしは見た。

「卑怯者《ひきょうもの》や臆病者《おくびょうもの》や嘘つきなら、最後くらい自分の人生は自分で責任をとるべきです。でも、あなたの場合は違う。だれかがあなたの鉄鎖を外さなければいけない」

「やめろ……」

「あなたは心の底でそれを望んでいる。だからさっきの話を聞かせてくれた。お孫さんのためにもエレファンツ・ブレスがなにか、いまここではっきりさせたほうがいい」

「やめろ、いうなっ」

「いいえ。いいます。これしか考えられない。一九六六年に渡米した留学生を待ち受けていた、過酷な運命を」

お婆さんと後藤さんが顔を上げた。


「待って。上条くん」大部屋に響いたのはマレンの声だった。「一九六六年に、アメリカのサンフランシスコで起きた事件のことをいっているのかな」

完全にヒートしていたハルタとお爺さんの視線が外れ、ゆっくりとマレンに注がれる。

「父さんが話してくれたことがある。黒人差別に反発した大暴動だ。ロサンゼルスのワッツ市からはじまった暴動は、一九六六年にサンフランシスコ、二年後にはシカゴまで飛び火して、多くの死傷者を出した。日系人や留学生もこの暴動に巻き込まれた」

あ、とわたしは思わず声をあげた。確かに渡米後のお爺さんの足取りと重なっている。

「ワッツ暴動か」日野原さんが顎《あご》に手を添えていった。「そういえば公民科の授業で聞いたことがあるな。軍隊が出動したんだろ？」

「初の大規模な人種暴動で、アメリカでは小学校の授業で教えてくれます」マレンはつづけた。「そう考えれば、リンカーンパーク動物園で寝泊まりする生活を送っていた説明がつきます」

　ハルタの視線がお爺さんに戻る。お爺さんを見つめていた。お爺さんも見つめ返した。お爺さんの唇がかすかに動く。ハルタが静止した。すべての動きをとめた。やがて、力が脱《ぬ》けたようにハルタの口が開いた。

「渡米直後に暴動に巻き込まれ、留学に必要な資金を奪われ、再起をかけたシカゴでも暴動に巻き込まれて、なにもかも失った」

「…………」お爺さんは黙っていた。

「それからは、リンカーンパーク動物園から一歩も離れることができなかった」

　お爺さんは反応し、「……そうだ」と強い口調でこたえた。

「どうやって暮らしていたのですか？」

「……絵を描いて、わずかな日銭を稼ぐホームレスになった」

「シカゴの冬は厳しいはずです」

「……きみはなにも知らないんだな。かつてはアル・カポネがいた街だといえばわかりやすいか。あそこはスラム街もホームレスも多い」

「どうして早く帰国しなかったのですか？」

「それは、眠れない日々がつづいたからですね？」

「…………」

「……そうだ」

気づくと青ざめた顔をした後藤さんが、お爺《じい》さんとハルタの間に立っていた。

お爺さんとハルタは気圧《けお》された表情で口をつぐみ、代わりにマレンがこたえた。

「どういうこと？」

「心的外傷後ストレス障害《PTSD》じゃないかな」

「え」とふり向く後藤さん。

マレンは萩本兄がキーボードを叩くパソコンのディスプレイを眺めていた。

「ひとは脅威にさらされても、時間が経てばその体験自体は薄れていくんだ。しかし強い外傷性ストレスにさらされると、記憶の消去のメカニズムが働かなくなる。お爺さんは四十年間、悪夢やフラッシュバック、パニック症状に襲われてきたんじゃないかな。それはいまもつづいているのかもしれない」

わたしは思い出した。お爺さんがこの大部屋をひとりで使っているのは、睡眠障害で、夜中にうなされたり、ずっと起きているからだ。

後藤さんはお爺さんのほうに顔を戻した。「病気のせいなの？」

「……すまない」

「日本でお婆ちゃんやお父さんが待っているのに、一度も帰ってきてくれなかったのは、病気のせいなの？」

ハルタとお爺さんの視線がほんの一瞬ぶつかった。わたしはそれを見逃さなかった。お爺さんの口が別の生き物のように弱々しく動くまで、すこし時間がかかった。

「……儂は失ったものを取り戻すために、暴動に参加した。生きるために、多くのひとを傷つけた。向こうで酒や薬物に手を出した。もう普通の生活に戻れなくなった。自分の子供が生まれていたとしても、抱ける身体ではなくなっていた」

後藤さんはわずかに後ずさる。お爺さんは悄然《しょうぜん》とうなだれていた。ハルタの顔に、後悔と痛みに似た表情が広がるのをわたしは見た。

「……エレファンツ・ブレス」

やがてお爺さんはぽつりとつぶやき、みんなの目が注がれる。

「……何色か知りたいんだろう？……あれに、色は、ない。……儂は、色とは、いっていない」

みんな息を呑《の》んで聞いた。お爺さんはひとつずつ言葉を紡いでいく。

「……象の寝息だ。警戒心が強い象は……眠る姿を滅多に見せない。……絶対的な安心が確保されたうえで……はじめて眠りにつくことができる動物なんだ。……儂は見たかった。

……シカゴの冬は厳しい。……動物園といえども、野生動物がとても住める環境ではない。……群れから引き離されたかわいそうな象に……安息の場所があるのなら……儂はこの目で見てみたかった」

お爺さんは自分の不遇、理不尽、不条理な運命を、リンカーンパーク動物園の象に重ね合わせた。救いを象の安息の場所に見ようとした。そこまで弱っていた。

「あの三枚の絵について教えてください」ハルタがまぶたを閉じて静かにたずねる。

「……シカゴの朝焼けはな、茜色《あかねいろ》、橙色《だいだいいろ》、茶色、青色、灰色、すべてが混ざって美しく彩るんだ。……見るひとの心によっても変わる。……エレファンツ・ブレスは想像と違ったな。安息の場所は得るものではない。……与えられるものだ。……そのことに……気づくのが……遅すぎた」

お婆さんが、それ以上喋《しゃべ》らせまいと、お爺さんの皺《しわ》だらけの手をにぎった。

後藤さんはうつろな眼差《まなざ》しで立ち尽くしている。ノートパソコンを閉じる音がして、後藤さんの意識が動いた。萩本兄弟が帰り支度をはじめている。

「きみの望む通り、うんざりさせるほど情けない姿を見せて、悪あがきさせた」

ハルタが後藤さんに耳打ちした。ふたりの目が合い、後藤さんが怯《ひる》む。ハルタはつづけた。

「そのあとは？」

家族に看取られるべきなんです——。あのとき彼女はいっていた。ハルタがポケットから茶封筒を取り出す。

「発明部から預かった返金の一万円。皺だらけになっちゃったけど」

後藤さんはこくりとうなずいて受け取った。

5

あれから十日が経った。

卒業式が終わり、三年生の気配が完全に消え去った校舎はすこし静かになっていた。学年末テストを終えた一年生と二年生は修了式までいつも通りの授業がつづくが、空き教室が増えたぶん、校舎の空気が薄まったような気がしてどこか落ち着かない。

吹奏楽部では、五月の定期演奏会の復活が正式に決まった。来月の入学式、新入生の歓迎式典と合わせて楽曲の練習に余念がない。

とくに新入生の歓迎式典に向けた練習をしていると、後藤さんのことを思い浮かべてしまう。あれからわたしの携帯電話に、彼女から頻繁にメールが届くようになった。『今週のびっくりどっきり☆ランキング』という件名では、栄えある一位に、飲み込んだ金魚を口から出してくれたお爺さんのことが書かれていた。余命幾ばくもない老人がずいぶん無茶なパフォーマンスをする。

そんなお爺さんも昨日から容態が悪化したという。今朝、後藤さんからメールが届いた。今日は卒業式、卒業証書を持ってお見舞いに行きます。短く、それだけメッセージが書かれていた。

これから先、どんな最悪の結果がおとずれようと、たぶん心配はいらない。そう思いたい。お爺さんが最後にようやく得た安息の場所には、お婆さんと孫娘がいる。

放課後の練習は十分の休憩を挟み、わたしはフルートを唇から離した。目でハルタとマレンの姿を捜した。あれ以来、ふたりとも心をどこかに置き忘れてきたかのように呆《ほう》けるときがあった。

成島さんと身体を伸ばし合っていると、音楽室の引き戸が道場破りみたいに開いた。部員の目がいっせいに向く。あらわれたのは日野原さんだった。壇上で楽譜をめくる草壁先生の手がとまり、日野原さんは一歩すすんで先生に向かい、有無をいわさぬ口調でいった。

「上条とマレンを借りてもいいですか」そして間を置き、「あ、そうだ。ついでに穂村も」

「ついでってなによ！」さっそくわたしは嚙《か》みつく。

日野原さんはふんと鼻を鳴らすと、無理やり連れてきただれかを前に突き出した。作業着姿の萩本兄だった。

「あれからどうも腑《ふ》に落ちなくてな。こいつは口はかたいが、嘘が下手だ」

椅子に座って休んでいたハルタとマレンが立ち上がった。


発明部の部室に移動した。

日野原さん、萩本兄弟、ハルタ、マレン、わたし。遅れて、片桐部長と成島さんに練習の再開を任せた草壁先生がやってきた。

引き戸が閉じる音を聞いてから、日野原さんはふぅーと弛緩《しかん》したような息を吐き、

「……結局、エレファンツ・ブレスってなんなんだ？　だれか教えて」

「十日間も悩んでいたの！」わたしは飛び上がるようにいった。

「おかげで俺は、悩める青少年の姿を満喫できたぞ。あのとき、萩本と上条とマレンが結託して、なにかを隠していたことは最初からわかっていた。爺さんも必死に演技していたな。自分でこたえを見つけようと思ったが十日で限界だ」

いわれてみれば、お爺さんの言葉の幾つかはハルタが誘導していた気がする。ふたりの間でなにかの合図が交わされていた気もする。ちらっとハルタを見やる。

「……だよね。わたしも十日で限界」

尻馬《しりうま》に乗ることに成功した。

「だろ？　だいたい永住権を持たないアジア人が、十年間もシカゴの動物園でホームレス

ができるわけがないんだ。見つかって強制送還だ。……暴動も事実だろうが、それが原因で酒と薬物に溺《おぼ》れるなんて短絡的すぎるな。そういう日系人や留学生はいたかもしれないが、あの爺《じい》さんがそんなクズとは思えない。第一、帰国してから画集を出している。それに四十年もつづいた心的外傷後ストレス障害《PTSD》っていうのもな……大部屋をひとりで使っているようだから本当かもしれないが、暴動が原因とは思えない。なにより話のリアリティがない」

日野原さんは一気に吐き出し、廊下に立たせた生徒を叱る体育教師みたいな恰好《かっこう》でハルタ、マレン、萩本兄を順に見まわした。

「いいか？　俺が一番我慢できなかったのは、弱った爺さんをお前らが追いつめていたことだ。俺らみたいな十代のガキがやっていいことじゃない。お前らは、すくなくともそういう分別は持っていると思っていた。いったいなにがお前らをそうさせた？　あのとき上条が真相に気づいた。マレンが軌道修正し、萩本に口を滑らせないよう牽制した。そこまではわかる。黙って聞いてやった俺のやさしさに免じて、本当のことを話せ」

日野原さんに睨《にら》まれ、三人の目が泳ぐ。草壁先生は部室の隅で椅子に座り、深々と考え込むしぐさをしていた。最初にぱくぱくと口を開いたのは萩本兄だった。

「……あの三枚の絵の意味がわかりかけたとき、正直ぞっとした」

とマレンに同意を求める。

「僕も気が動転した」マレンの口が薄く開く。「とにかく、あれを避けるのに必死だった。僕自身、とても信じることなんてできなかったから」

　日野原さんの目がハルタに移る。ハルタが身構えた。そのとき割って入ったのは、草壁先生の声だった。

「エレファンツ・ブレスは、奇妙な色の名前だけが残されて色見本は存在しない。つまり最初に見つけて名前を付けた本人しかわからない色なんだ。証明する方法がこの世に存在しない限り、お爺さんが見たエレファンツ・ブレスは『誤認』になる」

「わかっていますよ」日野原さんは息をついた。「問題はなにを『誤認』したか、でしょう？」

「象の寝息じゃ納得できないかい？」草壁先生は訊《き》き返す。

「できませんね。だいたい動物園で象が寝る場所は、宿舎の中と決まっています。一般人の爺さんが見られるはずがない」

「……見ることはできたんです」ハルタがかたい声でいった。

「は？」と眉《まゆ》を寄せる日野原さん。

「お爺さんは、象が眠る姿を間近で見ることができた。そういう場所にいた」

「おい、だから……」

「お爺さんの言葉に嘘はないんです。この世の地獄で、本当に安息の場所を探していたんです」

日野原さんはすっと息をつめた。「……アメリカじゃないのか？」

一九六六年に渡米。突然の失踪《しっそう》。音信不通。十年後に帰国。帰国後すぐ描いたあの三枚の絵。そして四十年もつづいた心的外傷後ストレス障害《PTSD》……。ハルタの口から語られた真相に、日野原さんとわたしは絶句した。

「お爺さんはベトナム戦争に徴兵されていたんです」

「そこです」狼狽《ろうばい》したマレンが口を挟んだ。「普通に考えたらありえない。アメリカで永住権をもった外国人が、兵役の義務を課せられたのならわかります」

「それが実際にあったんだ」草壁先生がこたえてくれた。「当時、日本国籍を持ちながらアメリカ留学中にベトナム戦争の徴兵を受けた若者がいたんだ。観光ビザを永住権に切り替えたとたん、兵役義務が生じて徴兵された若者もいれば、永住権を持たない、まだ観光ビザでアメリカに長期滞在していた若者が軍に徴兵されたケースが無数にあった。これは日本外務省の調査で明らかになっている」

日野原さんとわたしは言葉を失ったまま、テニスのラリーでも観戦するように、マレンと草壁先生の顔を交互に見る。この場にいちゃいけない子供になった気がした。

草壁先生は表情を変えずに淡々とつづける。

「お爺さんが渡米したのは一九六六年。兵役の危険性を知り、サンフランシスコからシカゴに移動した。しかし翌年、五十万人を超える最大数の兵士がベトナムに投入された。お爺さんが音信不通になった年と重なるんだ。そして一九六六年以降、戦争は最終局面に向かって悲惨な道を辿《たど》っていく。その象徴のひとつが、あの三枚の絵だ」

萩本弟がデジタルカメラで撮った三枚の写真をホワイトボードに貼り付けた。

奇妙な点描の絵。空と森と象の絵――

『朝焼けの中で眠る象の絵』
一枚目　空（黄）、森（緑）、象（灰）
二枚目　空（橙《だいだい》）、森（緑）、象（灰）
三枚目　空（黒）、森（緑）、象（灰）

「日野原くんは誤解したかもしれないが、これは朝と夕方と夜の絵じゃない。表題通り、三枚とも朝焼けを描いた絵になるんだ。ただしお爺さんの説明には嘘がある」

萩本兄が部室の書棚から本を持ってきた。わたしはその背表紙を見たことがある。『生物化学兵器の大罪』というタイトルだ。栞《しおり》のついたページを開いて目を剝《む》く。

エージェント・ブルー（明るい黄色の溶液）
エージェント・オレンジ（茶色がかったピンク、目撃者によると橙の溶剤）
エージェント・ホワイト（黒褐色の溶液）

「枯れ葉剤の色だ。散布は気温が低くて風がおだやかな早朝に行われる。軍機が森の低空を飛行して散布するんだ。このとき朝焼けは、エージェント・ブルー、エージェント・オレンジ、エージェント・ホワイトの三色のいずれかに染まる。お爺さんは、戦争が終わり、帰国してすぐこの構図の絵を描いた」

わたしは本を凝視した。ジャングルを覆う異様な朝焼けの色、死の色……

草壁先生がハルタとマレンにたずねる。「萩本くんはそこにある本で読んだことがあるとして、きみたちはなぜわかったんだい？」

「当時のドキュメンタリーを深夜番組で観たことがあります」ハルタがこたえた。

「アメリカにいたとき絵本で」マレンが意外なこたえをする。

「……絵本の世界も高尚になってきているな。穂村はなにが好きだった？」日野原さんがぽつりという。

「……100万回生きたねこ」わたしもぽつりと返す。

「想像ですが」写真を見ながらハルタが前置きした。「この三枚の絵の構図は、アメリカ軍の兵士の視点では描けないような気がします」

「どうして？」とマレン。

ハルタは絵の中の一頭の象を指さした。「ローグエレファント。年老いて群れから追い出されたインド象。おそらく、お爺さんは捕虜として捕らえられた時期があったのではないでしょうか。アジア人で日本語を喋《しゃべ》る兵士は、拷問で命を落とすことはなかった。村で労役用に飼われていた象に近づく機会があった。象の寝息に、安息の場所を夢見ることができた」

「もしそうだったら……」マレンは声を落としてつづけた。「枯れ葉剤で身体が蝕《むしば》まれているかもしれないね。それでも今日まで生きてきた」

草壁先生が腕組みして黙り込む。だれも喋らなくなった。部室の空気が重くなった。沈黙の重さだった。

そのとき部室の引き戸が勢いよく開いた。

ふり向いたみんなの顔が凍りつく。

後藤さんが立っていた。感情が漂白されたような能面の表情をしていた。片手には卒業証書の入った丸筒、ペットボトルのジュースとお菓子が入ったコンビニの袋がある。廊下で耳立てていた声の主を探すかのように首をまわすと、草壁先生の前まで歩いた。

「どこから？」草壁先生は短くたずねる。

「ほとんど最初から」

そして後藤さんは瞬《まばた》きもせず、草壁先生を見つめ、こう質問した。

「お爺《じい》ちゃんは、ひとを殺したんですか？」

草壁先生はまぶたを強く閉じる。

わたしは理解した。これこそが、お爺さんを縛っていた呪いの鉄鎖なのだ。

お爺さんが心の底でどれだけ望んでも、家族の元に帰らなかった理由がわかった。

結局、お爺さんは安息の場所など得ていないのだ。

「よく聞くんだ」草壁先生が厳しい声でいった。「一九六六年以降のベトナム戦争は、兵士と民間人の苛烈《かれつ》を極めた戦いだ。無慈悲で残虐で愚かで、そして無意味な戦乱がつづいた。それでもきみのお爺さんは生きて帰ってきた」

草壁先生はポケットから予《あらかじ》め用意していたメモ用紙を取り出した。

「ここに外務省の連絡先がある。きみのお爺さんはアメリカの兵役原簿の記録に残っていた。実は、四十年も前から問い合わせていた人物がいる」

「え……」と後藤さんは顔を上げる。

「きみのお婆さんだ」

後藤さんの顔が悲しくゆがんだ。ぐっ。胸の奥から鈍い音がして、涙はふたつ、みっつと次々にあふれ、頬を伝わり落ちていった。

無慈悲な戦争によって引き裂かれたふたり。

――苦痛に耐えながら、彼は一頭で生きていくしかなかった。

ふと、あの一節がわたしの脳裏によぎった。今朝の後藤さんのメールも思い出す。

「お爺さんの容態は？」思わず訊いた。

後藤さんは堰《せき》を切ったような涙声で、「今朝から、まだ、意識が、戻っていません……」

「まだ間に合う」

後藤さんの震える顔がわたしのほうを向いた。目は真っ赤で、まぶたも赤みがさしている。

「……覚えているでしょ？　お爺さんが話してくれた象の物語。呪われた鉄鎖を砕くのは、お婆さんじゃなくて、あなたのお父さんと、あなた自身の役目なのよ」

聞き終わらないうちに、後藤さんは踵《きびす》を返して部室から飛び出して行った。

わたしは廊下に顔を出して見送る。彼女の小さな後ろ姿に救いを見た気がした。最後の最後で、お爺さんに安息の場所が訪れることを信じた。

後藤さんが落としたコンビニの袋を拾い上げたとき、背後に沈黙があることに気づいた。ふり向くと、みんなの視線がわたしに集まっている。

「……たまにはいいこというな」と日野原さん。

「美味《おい》しいところ、持ってかれちゃった」とハルタ。

「うん」うなずくマレン。

「オモイデマクラを進呈してもいい働きだったぞ」と萩本兄。

「改良の余地がありますよ」と萩本弟。

そして最後に草壁先生が、「ありがとう」と微笑んでくれた。

＊

これでわたしたちが一年生のときの話はおしまい。

普門館はわたしたち吹奏楽部にとって厳しい道のりで、これからどんな苦労があって、どんな結果が待ち受けているのかはわからない。

いつか大人になって話すときがきたら、辛《つら》かった思い出を口にすることはしないだろう。

これはちょっとした心境の変化だ。

その代わり、素敵な寄り道ができたことはみんなに伝えたい。楽しく生きたことは教えてあげたい。それが許される宝石箱のような時間は、わたしたちにはまだあるのだ。

〈主要参考文献〉

『色の秘密　最新色彩学入門』　野村順一　文春文庫ＰＬＵＳ
『奇妙な名前の色たち』　福田邦夫　青娥書房
『アフリカ象とインド象　陸上最大動物のすべて』　實吉達郎　光風社出版
『ベトナム戦争におけるエージェントオレンジ　歴史と影響』
レ・カオ・ダイ著　尾崎望訳　文理閣
『アフリカで象と暮らす』　中村千秋　文春新書
『真実の言葉はいつも短い』　鴻上尚史　知恵の森文庫

参考文献の主旨と本書の内容は別のものです。また本書執筆にあたり、この他多くの書籍やインターネットのＨＰを参考にさせていただきました。

解説

千街晶之

初野晴がついに本気を出した——そう感じたのは、二〇〇八年のことである。

いや、この書き方は大きな誤解を招きそうだ。それ以前の著者が本気を出していなかった、という意味では決してない。第二十二回横溝正史ミステリ大賞を受賞したデビュー作『水の時計』（二〇〇二年）も、第二作『漆黒の王子』（二〇〇四年）も、清新な感性と豊かな想像力によって書かれたミステリであり、「若き実力派の誕生」と思わせるに充分な出来映えだった。だがいかんせん、寡作ぶりが尋常ではなかったため、この作品発表ペースでは読者に忘れられてしまう危険性もあるのでは——と、もどかしい思いを禁じ得なかったというのが当時の率直な感想である。著者は会社員として多忙な日々を送っているため、そのようなペースになったのはやむを得ない面もあったのだけれど。

しかし、二〇〇八年に『1／2の騎士～harujion～』と『退出ゲーム』の二作を刊行してからは、今までの寡作ぶりが嘘のようにエネルギッシュな活躍ぶりを示している。しかも、次々と私たちのもとへ届けられた新作は、いずれも著者ならではの個性が感じられる逸品ばかりだった。その結果、初野晴の名はミステリ界の注目株として大きくクローズアップされることになったのである。

さて、著者の出世作と言っていい本書『退出ゲーム』（二〇〇八年十月、角川書店刊）は、語り手である高校一年生の穂村千夏（チカ）と、その同級生の上条春太（ハルタ）が体験した四つの出来事を描いた連作集である。『漆黒の王子』を執筆した後、会社員との二足の草鞋《わらじ》生活に慣れない状態だったためなかなか三作目が書けず、六百枚ほどの原稿を自分で没にしたこともあったという時期に、編集者が雑誌《野性時代》に短篇を書かないかと誘ったのが、このシリーズが始まるきっかけだったという。

チカとハルタは幼馴染《おさななじ》みで、高校に入学して九年ぶりに再会した。彼らが入部したのは廃部寸前だった弱小吹奏楽部だが、ハルタは吹奏楽を愛する中高生にとっての聖地、野球で言えば甲子園にあたる普門館でのコンクールを真剣に目指している。ハルタが普門館を目指しているのは、かつて国際的な指揮者として将来を嘱望されていた指導教師の草壁信二郎を、再び表舞台に立たせたいと思っているからである。

第一話「結晶泥棒」は、ある事情でひきこもりになっていたハルタを登校させようとするチカの悪戦苦闘からスタートする。チカには、どうしてもハルタの力を借りなければならない事情があった。文化祭開催を目前に控え、理科室から劇薬の硫酸銅の結晶が盗まれるという容易ならざる事態が発生したのだが、文化祭の実行委員であるチカは、他の委員に押し切られて、この盗難事件を教師に告げずに自分たちで解決しなければならない羽目に陥ってしまったのだ……。シリーズ第一作らしく、基本的な設定を手際よく紹介すると同時に、いかにも高校生ならではのシチュエーションと決着が印象に残る作品に仕上がっている。

だが、この「結晶泥棒」も、連作全体の中ではまだ小手調べといったところ。二作目「クロスキューブ」以降、この連作は独創性においてもミステリとしての水準においても、類例のない境地へと飛躍してゆくのだ。

「クロスキューブ」は、チカたちの高校で起きた時ならぬルービックキューブのブームを背景としている。チカとハルタは、中学生時代に普門館での演奏経験がある成島美代子を吹奏楽部にスカウトしようとしていたが、彼女の悲劇的な過去に触れたせいで、ハルタは六面とも真っ白なルービックキューブを完成させられるかという彼女からの挑戦を受けてしまう。こんな禅問答めいた難題にどうやって解答を与えるのかと、チカならずとも不安になるだろうが、ハルタが示した解決は意外であると同時に、すべての伏線が収束して腑《ふ》に落ちるようになっている。

表題作「退出ゲーム」は、中国系アメリカ人の生徒・マレンがどちらに所属するかをめぐって、吹奏楽部と演劇部のあいだで繰り広げられた対決を描いている。演劇部から吹奏楽部への挑戦は、退出ゲームという即興劇を演じること。設定されたシチュエーションに合った役柄になりきり、何らかの理由を考え出して制限時間内にステージから退出する……というのが吹奏楽部側に与えられた課題である。想像力を駆使して退出方法を考えればいいのだが、アドリブにかけては百戦錬磨の演劇部員を、そう簡単に出し抜けるものではない。ハルタの逆転の秘策とは……。設定のユニークさと、厳しい条件を逆手にとったハルタの鮮やかな解決が忘れ難い印象を残す一篇であり、日本推理作家協会賞短編部門の候補になったのも頷《うなず》ける出来映えである。

そして本書を締めくくる「エレファンツ・ブレス」も、「退出ゲーム」に勝るとも劣らない傑作だ。「結晶泥棒」の事件のせいでチカを名探偵と思い込んだ生徒会のトップ・日野原からの特命、本人が見たい夢を見られる「オモイデマクラ」を販売しようとした発明部員・萩本兄弟の愛すべき奇人ぶり……といった爆笑を誘う導入部からは予想もつかない、実に衝撃的な真相が待ち受けているのである。学園ミステリというと、どうしても生徒・その家族・教師といった限定された人間関係が織り成す日常だけで話が進行しがちなものだが、本作は少年少女の学園ライフに、思いがけないかたちで〝歴史〟が接続され、物語に深い奥行きが与えられている。この趣向の変奏は、シリーズの続篇『初恋ソムリエ』（二〇〇九年）にも再び現れるだろう。

連作全体の特色を指摘しておくと、それまではダーク・ファンタジー系の作品をメインに発表していた著者だが、本書は打って変わって、ユーモアを基調とした作風になっている。一種のラブコメと言っていいが、異色なのは、チカとハルタの二人が相思相愛の関係だというわけでもなければ、一方が他方に片思いしているわけでもない点だ。「結晶泥棒」のラストで明かされる設定なのでここでは伏せておくべきだろうが、「わたしはこんな三角関係をぜったいに認めない」という「結晶泥棒」の最初の一行に象徴されるような、何ともねじれた関係にあるのだ。

ハルタは女子も羨《うらや》むほどの美形、しかも連作を通して探偵役を務めるだけあって頭脳明晰《めいせき》でもあるが、性格はやや難ありだ。一方、チカは負けず嫌いで、少々乱暴な面もある。二人のコミカルな、時にはどつき漫才めいたやりとりのリズミカルさが、この物語のリーダビリティの高さにつながっている。

各篇に登場する他の生徒たちの変人ぶりも読みどころだ。しかも彼らは一話限りのゲストではなく、その後のストーリーにも絡んでくる場合もある。ということは、まるで磁石が砂鉄を引き寄せるように、チカの周囲に変人がどんどん増えてゆくということでもある(「エレファンツ・ブレス」で日野原が口にする、生徒会執行部のブラックリストに載っている十傑という存在が気になる。もっとも、日野原本人が充分に変人なのだが)。

デビュー作以降、著者の作品には大なり小なりファンタジー的な要素があった。今のところ、このチカとハルタのシリーズだけが例外に見えるかも知れない。しかし、本書の作品世界も実は、なかなか現実にはいないであろうカリカチュアライズされたキャラクターが織り成すファンタジーだという見方も可能なのだ。著者自身は柔道部員として体育会系の高校生活を送っていたため、本書で描かれたような文科系の部活動には縁がなかったとのこと。「だから『退出ゲーム』で描いた世界というのは、僕にとって願望のファンタジーに近い、箱庭的な世界と言えるかもしれません。今どきのドライな高校生よりも、八〇年代の高校生というか、ある種の〝熱さ〟を備えた学園風景を描きたかったんです」（《文蔵》二〇〇九年二月号掲載のインタヴューより）と述べているように、現代のリアルな高校生像とは敢《あ》えて一線を画したキャラクター造型を行っているようだ。個人的には、高橋留美子『うる星やつら』や、ゆうきまさみ『究極超人あ〜る』といった、一九八〇年代のギャグ漫画で描かれていた変人だらけの学園生活に近いものを感じた（「クロスキューブ」で重要な役割を果たすルービックキューブも、八〇年代っぽさを表現するための小道具なのだろう）。そして、基調としてユーモアやファンタジー性を強調したからこそ、（「エレファンツ・ブレス」の真相のような）ふと日常に生じた隙間から現れる深刻な現実が読者に忘れ難い印象を残すのだ。このファンタジー性と現実のシビアさとの落差から生まれる効果は、著者の全作品に共通するものである。

本書のもうひとつの大きな読みどころは、本格ミステリとしての構成である。著者の作品の中でも、本書は謎解きの要素がかなり重視されている。殺人などの血腥《ちなまぐさ》い犯罪が起きるわけではなく、せいぜい盗難事件にとどまるあたりは、北村薫に代表される「日常の謎」路線に属するとも言えるだろう。しかし重要なのは、提示される謎の独創性である。他の作家のミステリではまずお目にかかれないような奇抜な謎が、これまた奇抜な過程によって解決されてゆくのである。ありきたりの謎や解決は意地でも書かない――という著者の覚悟を垣間《かいま》見る思いがする。特に、「一体どこから仕入れてくるのか」と不思議に思うほどの多彩な雑学を、ミステリとしての骨格に絡ませる巧みな手腕について指摘しておきたい。思えば、青春時代に一見役に立たなさそうな雑学に熱中した経験のあるひとも多いだろう。雑多な知識に対する無償の情熱が、本書の青春小説としての色彩をより強調しているようにも感じられるのだ。

本書では話が進むごとに吹奏楽部の部員も増えてゆくので、普門館出場というチカとハルタの夢も少しずつ近づいてくることになる。その夢がどうなるか、そして高校二年生になったチカとハルタの学園生活がどんなものとなったかが気になった方は、続篇『初恋ソムリエ』を是非読んでいただきたい。本書に勝るとも劣らない、魅力的な謎と爽《さわ》やかな青春の物語が繰り広げられていることを保証しよう。

本書は二〇〇八年十月に小社より刊行された単行本を文庫化したものです。

退出《たいしゅつ》ゲーム

初野《はつの》 晴《せい》

平成22年 7月25日　初版発行
平成27年 12月15日　19版発行

発行者●郡司 聡

発行●株式会社KADOKAWA
〒102-8177　東京都千代田区富士見2-13-3
電話 03-3238-8521（カスタマーサポート）
http://www.kadokawa.co.jp/

角川文庫 16363

印刷所●株式会社暁印刷　製本所●株式会社ビルディング・ブックセンター

表紙画●和田三造

ISBN978-4-04-394371-5　C0193

角川文庫発刊に際して

角　川　源　義

第二次世界大戦の敗北は、軍事力の敗北であった以上に、私たちの若い文化力の敗退であった。私たちの文化が戦争に対して如何に無力であり、単なるあだ花に過ぎなかったかを、私たちは身を以て体験し痛感した。西洋近代文化の摂取にとって、明治以後八十年の歳月は決して短かすぎたとは言えない。にもかかわらず、近代文化の伝統を確立し、自由な批判と柔軟な良識に富む文化層として自らを形成することに私たちは失敗して来た。そしてこれは、各層への文化の普及滲透を任務とする出版人の責任でもあった。

一九四五年以来、私たちは再び振出しに戻り、第一歩から踏み出すことを余儀なくされた。これは大きな不幸ではあるが、反面、これまでの混沌・未熟・歪曲の中にあった我が国の文化に秩序と確たる基礎を齎らすためには絶好の機会でもある。角川書店は、このような祖国の文化的危機にあたり、微力をも顧みず再建の礎石たるべき抱負と決意とをもって出発したが、ここに創立以来の念願を果すべく角川文庫を発刊する。これまで刊行されたあらゆる全集叢書文庫類の長所と短所とを検討し、古今東西の不朽の典籍を、良心的編集のもとに、廉価に、そして書架にふさわしい美本として、多くのひとびとに提供しようとする。しかし私たちは徒らに百科全書的な知識のジレッタントを作ることを目的とせず、あくまで祖国の文化に秩序と再建への道を示し、この文庫を角川書店の栄ある事業として、今後永久に継続発展せしめ、学芸と教養との殿堂として大成せんことを期したい。多くの読書子の愛情ある忠言と支持とによって、この希望と抱負とを完遂せしめられんことを願う。

一九四九年五月三日

角川文庫ベストセラー

朧月《おぼろづき》市役所妖怪課
河童コロッケ
青柳碧人

希望を胸に自治体アシスタントとなった宵原秀也は、赴任先の朧月市役所で、怪しい部署に配属となった。妖怪課——町に跋扈する妖怪と市民とのトラブル処理が仕事らしいが!? 汗と涙の青春妖怪お仕事エンタ。

ダリの繭《まゆ》
有栖川有栖

サルバドール・ダリの心酔者の宝石チェーン社長が殺された。現代の繭とも言うべきフロートカプセルに隠された難解なダイイング・メッセージに挑むは推理作家・有栖川有栖と臨床犯罪学者・火村英生！

目白台サイドキック
女神の手は白い
太田忠司

お屋敷街の雰囲気を色濃く残す、文京区目白台。新人刑事の無藤は、伝説の男・南塚に助けを借りるため、あるお屋敷を訪れる。南塚が解決した難事件の「蘇り」を阻止するために。警察探偵小説始動！

目白台サイドキック
魔女の吐息は紅い
太田忠司

天才探偵刑事、南塚と、謎めいた名家の若当主・北小路は、息の合ったやり取りで事件を解決する名コンビ。今度の事件は銀行頭取の変死事件。巻き込まれ系若手刑事・無藤の運命は!? 面白すぎる第2弾！

櫻子さんの足下には死体が埋まっている
太田紫織

平凡な高校生の僕は、お屋敷に住む美人なお嬢様、櫻子さんと知り合いだ。でも彼女は普通じゃない。なんと骨が大好きで、骨と死体の状態から、真実を導くことが出来るのだ。そして僕まで事件に巻き込まれ……。

角川文庫ベストセラー

櫻子さんの足下には死体が埋まっている
骨と石榴と夏休み
太田紫織

平凡な高校生の僕の夏休みは、三度の飯より骨が好きなお嬢様・櫻子さんと過ごすことで、劇的に刺激的なものになる。母にまつわる事件から、人間の悲しさと美しさを描き出す、新感覚ライトミステリ第2弾。

櫻子さんの足下には死体が埋まっている
雨と九月と君の嘘
太田紫織

骨が大好きなお嬢様、櫻子さんが、僕、正太郎の高校の文化祭にやってきた！　けれど理科準備室でなんと人間の骨をみつけて……。ほか、呪われた犬との遭遇などバラエティ豊かに贈る第三弾！

櫻子さんの足下には死体が埋まっている
蝶は十一月に消えた
太田紫織

北海道は旭川。僕、正太郎は、骨を偏愛する美女、櫻子さんと、担任の磯崎先生と共に、森へフィールドワークに出かける。けれどそこに、先生のかつての教え子失踪の報せが届き……。大人気シリーズ第4弾！

櫻子さんの足下には死体が埋まっている
冬の記憶と時の地図
太田紫織

平凡な高校生の正太郎と、鋭い観察眼を持つ骨フェチ美女の櫻子。息の合ったコンビで、死にまつわる謎を解明してきた二人だが、因縁の事件の調査のため、函館に旅をすることになり……。シリーズ初の長編！

つれづれ、北野坂探偵舎
心理描写が足りてない
河野裕

異人館が立ち並ぶ神戸北野坂のカフェ「徒然珈琲」にはいつも、背を向け合って座る二人の男がいる。一方は元編集者の探偵で、一方は小説家だ。物語を創るように議論して事件を推理するシリーズ第1弾！

角川文庫ベストセラー

つれづれ、北野坂探偵舎
著者には書けない物語
河野　裕

大学生のユキが出会ったのは、演劇サークルの大野さんと、シーンごとにバラバラとなった脚本に憑く幽霊の噂。「解決しちゃいませんか？」とユキは持ちかけるが、駆り出されるのはもちろんあの2人で……。

つれづれ、北野坂探偵舎
ゴーストフィクション
河野　裕

昔馴染みの女性に招かれ、佐々波はある洋館を訪れる。そこは幽霊の仕業と思われる不思議な現象に満ちていた。〝編集者〟と〝ストーリーテラー〟。二人の探偵は、館にまつわる謎を解き明かすことができるのか？

赤×ピンク
桜庭一樹

深夜の六本木、廃校となった小学校で夜毎繰り広げられる非合法ファイト。闘士はどこか壊れた、でも純粋な少女たち――都会の異空間に迷い込んだ彼女たちのサバイバルと愛を描く、桜庭一樹、伝説の初期傑作。

推定少女
桜庭一樹

あんまりがんばらずに、生きていきたいなぁ、と思っていた巣籠カナと、自称「宇宙人」の少女・白雪の逃避行がはじまった――桜庭一樹ブレイク前夜の傑作、幻のエンディング3パターンもすべて収録!!

砂糖菓子の弾丸は撃ちぬけない
A Lollypop or A Bullet
桜庭一樹

ある午後、あたしはひたすら山を登っていた。そこにあるはずの、あってほしくない「あるもの」に出逢うために――子供という絶望の季節を生き延びようとあがく魂を描く、直木賞作家の初期傑作。

角川文庫ベストセラー

少女七竈と七人の可愛そうな大人　桜庭一樹

いんらんの母から生まれた少女、七竈は自らの美しさを呪い、鉄道模型と幼馴染みの雪風だけを友に、孤高の日々をおくるが——。直木賞作家のブレイクポイントとなった、こよなくせつない青春小説。

道徳という名の少年　桜庭一樹

愛するその「手」に抱かれてわたしは天国を見る——エロスと魔法と音楽に溢れたファンタジック連作集。榎本正樹によるインタヴュー集大成「桜庭一樹クロニクル2006—2012」も同時収録!!

GOSICK —ゴシック— 全9巻　桜庭一樹

20世紀初頭、ヨーロッパの小国ソヴュール。東洋の島国から留学してきた久城一弥と、超頭脳の美少女ヴィクトリカのコンビが不思議な事件に挑む——キュートでダークなミステリ・シリーズ!!

GOSICKs —ゴシックエス— 全4巻　桜庭一樹

ヨーロッパの小国ソヴュールに留学してきた少年、一弥は新しい環境に馴染めず、孤独な日々を過ごしていたが、ある事件が彼を不思議な少女と結びつける——名探偵コンビの日常を描く外伝シリーズ。

うちの執事が言うことには　高里椎奈

烏丸家の新しい当主・花穎はまだ18歳。誰よりも信頼する老執事・鳳と過ごす日々に胸躍らせ、留学先から帰国したが、そこにいたのは衣更月という見知らぬ青年で……。痛快で破天荒な上流階級ミステリー!

角川文庫ベストセラー

氷菓　米澤穂信

「何事にも積極的に関わらない」がモットーの折木奉太郎だったが、古典部の仲間に依頼され、日常に潜む不思議な謎を次々と解き明かしていくことに。角川学園小説大賞出身、期待の俊英、清冽なデビュー作！

愚者のエンドロール　米澤穂信

先輩に呼び出され、奉太郎は文化祭に出展する自主制作映画を見せられる。廃屋で起きたショッキングな殺人シーンで途切れたその映像に隠された真意とは!?大人気青春ミステリ、〈古典部〉シリーズ第2弾！

クドリャフカの順番　米澤穂信

文化祭で奇妙な連続盗難事件が発生。盗まれたものは碁石、タロットカード、水鉄砲。古典部の知名度を上げようと盛り上がる仲間達に後押しされて、奉太郎はこの謎に挑むはめに。〈古典部〉シリーズ第3弾！

遠まわりする雛　米澤穂信

奉太郎は千反田えるの頼みで、祭事「生き雛」へ参加するが、連絡の手違いで祭りの開催が危ぶまれる事態に。その「手違い」が気になる千反田は奉太郎とともに真相を推理する。〈古典部〉シリーズ第4弾！

ふたりの距離の概算　米澤穂信

奉太郎たちの古典部に新入生・大日向が仮入部する。だが彼女は本入部直前、辞めると告げる。入部締切日のマラソン大会で、奉太郎は走りながら心変わりの真相を推理する！〈古典部〉シリーズ第5弾。